LA VIE DES TERMITES

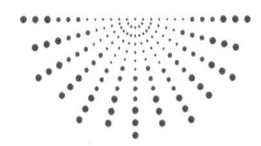

MAURICE MAETERLINCK

ALICIA ÉDITIONS

TABLE DES MATIÈRES

Introduction	1
1. La Termitière	7
2. L'Alimentation	19
3. Les Ouvriers	23
4. Les Soldats	26
5. Le Couple Royal	35
6. L'Essaimage	38
7. Les Ravages	45
8. La Puissance Occulte	49
9. La Morale de la Termitière	55
10. Les Destinées	60
11. L'instinct et l'Intelligence	70

INTRODUCTION

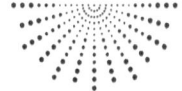

I

« La vie des Termites », non plus que « La Vie des Abeilles », dont toutes les assertions ont été reconnues exactes par les spécialistes, n'est pas une biographie romancée comme il est démodé d'en faire en ce moment. Je suis resté fidèle au principe qui m'a guidé dans l'œuvre précédente, qui est de ne jamais céder à la tentation d'ajouter un merveilleux imaginé ou complaisant au merveilleux réel. Étant moins jeune, il m'est plus facile de résister à cette tentation, car les années apprennent peu à peu, à tout homme, que la vérité seule est merveilleuse. Entre autres choses, elles apprennent aussi à l'écrivain que ce sont les ornements qui vieillissent d'abord et plus vite que lui et que seuls les faits strictement exposés et les réflexions sobrement, nettement formulées ont chance d'avoir demain à peu près le même aspect qu'aujourd'hui.

Je n'ai donc pas avancé un fait, rapporté une observation qui ne soit incontesté et facilement vérifiable. C'est le premier devoir quand il s'agit d'un monde aussi peu connu, aussi déconcertant que celui où nous allons pénétrer. La plus innocente fantaisie, la plus légère exagération, la plus petite inexactitude enlèverait à une étude de ce genre tout crédit et tout intérêt. J'espère qu'il y en a fort peu, à moins que sur quelque point je n'aie moi-même été induit en erreur par ceux que j'ai suivis, ce qui n'est guère probable, car je n'ai fait état que des travaux d'entomologistes professionnels, écrivains purement objectifs et très froids qui n'ont que le culte de l'observation scientifique et qui même, la plupart du temps, ne paraissent pas se rendre compte du caractère extraordinaire de l'insecte qu'ils étudient et, en tout cas, ne se soucient aucunement d'y insister et de le mettre en valeur.

J'ai emprunté peu de chose aux récits de centaines de voyageurs qui nous ont parlé des termites et qui sont souvent sujets à caution, soit qu'ils reproduisent sans critique des racontars d'indigènes, soit qu'ils paraissent enclins à l'exagération. Je n'ai fait d'exception à cette règle que lorsqu'il s'agissait d'explorateurs illustres, d'un David Livingstone, par exemple, doublé, d'ailleurs, d'un naturaliste savant et scrupuleux.

Il eût été facile, à propos de chaque affirmation, d'alourdir le bas des pages de notes et de références. Il est tel chapitre où il aurait fallu en hérisser toutes les phrases et où la glose eût dévoré le texte comme dans les plus rébarbatifs de nos manuels scolaires. Je pense que la bibliographie sommaire que le lecteur trouvera à la fin du volume en tiendra lieu d'autant plus avantageusement que la littérature consacrée aux termites n'est pas encore encombrante comme celle des abeilles.

Voilà pour les faits. Je les ai trouvés épars, diffus, dissimulés en cent endroits divers, souvent sans signification parce qu'ils étaient isolés. Comme dans *La Vie des Abeilles*, mon rôle s'est borné à les relier, à les grouper aussi harmonieusement que j'ai pu, à les laisser agir les uns sur les autres, à les envelopper de quelques réflexions pertinentes, et surtout à les mettre en lumière, car les mystères de la termitière sont plus ignorés que ceux de la ruche, même des curieux, de jour en jour plus nombreux, qui s'intéressent spécialement aux insectes.

Seule, l'interprétation de ces faits m'appartient plus ou moins, comme elle appartient au lecteur qui en tirera peut-être des conclusions tout à fait différentes. C'est, du reste, la seule chose qui appartienne à l'historien, et la monographie d'un insecte, surtout d'un insecte aussi singulier, n'est en somme que l'histoire d'une peuplade inconnue, d'une peuplade qui semble par moments originaire d'une autre planète, et cette histoire demande à être traitée de la même façon méthodique et désintéressée que l'histoire des hommes.

Le livre fera, si l'on veut, le pendant de *La Vie des Abeilles*, mais la couleur et le milieu ne sont pas les mêmes. C'est en quelque sorte le jour et la nuit, l'aube et le crépuscule, le ciel et l'enfer. D'un côté, du moins à première vue et à condition de ne pas trop approfondir, car la ruche elle aussi a ses drames et ses misères, tout est lumière, printemps, été, soleil, parfums, espace, ailes, azur, rosée et félicité sans égale parmi les allégresses de la terre. De l'autre, tout est ténèbres, oppression souterraine, âpreté, avarice sordide et ordurière, atmosphère de cachot, de bagne et de sépulcre, mais aussi, au sommet, sacrifice beaucoup plus complet, plus héroïque, plus réfléchi et plus intelligent à une idée ou à un instinct, – peu importe le nom, les résultats sont pareils, – démesuré et presque infini ; ce qui, somme toute, compense bien des beautés apparentes, rapproche de nous les victimes, nous les rend presque fraternelles et, à certains égards, bien plus que les abeilles ou que tout autre être vivant sur cette terre, fait de ces malheureux insectes les précurseurs et les préfigurateurs de nos propres destins.

II

Les entomologistes, s'en rapportant aux géologues, conjecturent que la civilisation des termites, qu'on appelle vulgairement fourmis blanches, bien qu'elles soient d'un blanc fort douteux, précède de cent millions d'années l'apparition de l'homme sur notre planète. Ces conjectures sont difficilement contrôlables. Du reste, comme il arrive fréquemment, les savants ne sont pas d'accord. Les uns, N. Holmgren, par exemple, les rattachant aux Protoblattoïdes qui s'éteignent dans le Permien, les reculent ainsi dans la nuit sans mesure et sans fond de la fin du Primaire. D'autres les trouvent dans le Lias d'Angleterre, d'Allemagne et de Suisse, c'est-à-dire dans le secondaire ; d'autres, enfin, ne les découvrent que dans l'Éocène supérieur, c'est-à-dire dans le Tertiaire. On en a identifié cent cinquante espèces incrustées dans l'ambre fossile. Quoi qu'il en soit, les termites remontent certainement à quelques millions d'années, ce qui est déjà satisfaisant.

Cette civilisation, la plus ancienne que l'on connaisse, est la plus curieuse, la plus complexe, la plus intelligente et, en un sens, la plus logique, la mieux adaptée aux difficultés de l'existence qui, avant la nôtre, se soit manifestée sur ce globe. À plusieurs points de vue, encore que féroce, sinistre et souvent répugnante, elle est supérieure à celle des abeilles, des fourmis et de l'homme même.

III

La littérature consacrée aux termites est loin d'être aussi riche que celle qui s'est accumulée autour des abeilles et des fourmis. Le premier entomologiste qui s'en soit sérieusement occupé est J. G. Koënig qui vécut longtemps aux Indes, à Tranquebar, dans le district de Madras où il eut le loisir de les étudier. Il mourut en 1785. Vint ensuite Henry Smeathmann qui est avec Hermann Hagen le véritable père de la termitologie. Son célèbre mémoire sur certains termites africains, paru en 1781, renferme un véritable trésor d'observations et d'interprétations où ont puisé, sans l'épuiser, tous ceux qui se sont occupés de l'insecte et les travaux de ses successeurs, notamment ceux de G. B. Haviland et de T. J. Savage en ont presque toujours confirmé l'exactitude. Quant à Hermann Hagen, de Königsberg, en 1855, il donne à la *Linnea Entomologica*, de Berlin une monographie méthodique et complète où il analyse avec la précision, la minutie et la conscience qu'il faut bien reconnaître que les Allemands apportent à ce genre de travaux, tout ce qu'on a écrit sur les termites depuis l'Inde et l'Égypte anciennes jusqu'à nos jours. On y trouve résumées et critiquées des centaines d'observations faites par tous les voyageurs qui les ont étudiés en Asie, en Afrique, en Amérique et en Australie.

Parmi les travaux plus récents, citons avant tout ceux de Grassi et Sandias qui fixèrent la micrologie du termite et, les premiers, soupçonnèrent le rôle étonnant de certains protozoaires dans l'intestin de l'insecte, de Charles Lespès qui nous parle d'un petit termite européen qu'il appelle, peut-être à tort, le termite lucifuge, de Fritz Müller, de Filippo Silvestri qui s'occupe des termites sud-américains, de Y. Sjostedt qui s'intéresse aux termites africains et fait avant tout œuvre de classificateur, de W. W. Froggatt qui, avec le naturaliste W. Saville-Kent, épuise à peu près tout ce qu'on peut dire sur les termites australiens, de E. Hegh qui s'attache spécialement aux termites du Congo ; et qui, continuant le travail de Hagen et le prolongeant jusqu'en 1922, dans un ouvrage remarquable, très complet et abondamment illustré, résume presque tout ce qu'on savait à cette date sur l'insecte dont nous nous occupons. Nous avons encore Wasmann, A. Imms, Nils Holmgren, le grand termitologue suédois ; K. Escherich, un entomologiste allemand qui, notamment, sur les termites de l'Érythrée, a fait des études extrêmement curieuses ; et enfin, pour ne pas citer inutilement tous les noms que nous retrouverons dans la bibliographie, L. R. Cleveland qui, dans les magnifiques laboratoires de l'Université d'Harvard, poursuit depuis des années, sur les protozoaires de l'intestin de nos Xylophages, des expériences et des études qui comptent parmi les plus patientes, les plus sagaces de la biologie contemporaine. N'oublions pas non plus les intéressantes monographies de E. Bugnion que j'aurai plus d'une fois l'occasion de citer ; et renvoyons, pour le surplus, à la bibliographie qui se trouve à la fin de ce livre.

Cette littérature, bien qu'elle ne soit pas comparable à celle qu'on a consacrée aux hyménoptères, suffit néanmoins à fixer les grandes lignes d'une organisation politique, économique et sociale, en d'autres termes d'une destinée qui préfigure peut-être, du train dont nous allons et si nous ne réagissons pas avant qu'il soit trop tard, celle qui nous attend. Il est possible que nous y trouvions quelques indications intéressantes et de profitables leçons. Sans en excepter les abeilles et les fourmis, en ce moment il n'y a pas, je le répète, sur cette terre, d'être vivant qui soit tout ensemble aussi loin et aussi près de nous, aussi misérablement, aussi admirablement, aussi fraternellement humain.

Nos utopistes vont chercher, aux limites où l'imagination se décompose, des modèles de sociétés futures, alors que nous en avons sous les yeux qui sont probablement aussi fantastiques, aussi invraisemblables, et qui sait, aussi prophétiques que ceux que nous pourrions trouver dans Mars, Vénus ou Jupiter.

IV

Le termite n'est pas un hyménoptère comme l'abeille ou la fourmi. Sa classification scientifique, assez difficile, ne paraît pas encore établie *ne varietur* ; mais généralement on le range dans le genre des orthoptères ou orthoptéroïdes névroptères ou neuroptères ou pseudo-névroptères, tribu des Corrodants. Actuellement, il constitue un ordre distinct : celui des Isoptères. Certains entomologistes, à cause de ses instincts sociaux, le classeraient volontiers parmi les hyménoptères.

Les grands termites habitent exclusivement les pays chauds, tropicaux ou subtropicaux. Nous avons déjà dit qu'en dépit de son nom, il est rarement blanc. Il prend plutôt, approximativement, la couleur de la terre qu'il occupe. Sa taille, selon les espèces, va de 3 à 10 ou 12 millimètres, c'est-à-dire qu'elle atteint parfois celle de nos petites abeilles domestiques. L'insecte, tout au moins quant au gros de la population, car nous verrons plus loin que son polymorphisme est invraisemblable, ressemble plus ou moins à une fourmi assez mal dessinée, au ventre allongé, barré de stries transversales, mou ou presque larvaire.

Nous verrons également qu'il est peu d'êtres que la nature ait aussi médiocrement armés en vue de la lutte pour la vie. Il n'a pas l'aiguillon de l'abeille ni la formidable cuirasse de chitine de la fourmi, son ennemie la plus acharnée. Normalement il n'a pas d'ailes ; et quand il en possède, elles ne lui sont dérisoirement prêtées qu'afin de le conduire à l'hécatombe. Il est lourd et, dépourvu de toute agilité, ne peut échapper au péril par la fuite. Aussi vulnérable qu'un ver, il est offert sans défense à tous ceux qui dans le monde des oiseaux, des reptiles, des insectes, sont avides de sa chair succulente. Il ne peut subsister que dans les régions équatoriales et, mortelle contradiction, périt dès qu'il est exposé aux rayons du soleil. Il a absolument besoin d'humidité et presque toujours est obligé de vivre dans des pays où durant sept ou huit mois ne tombe pas une goutte d'eau. En un mot, presque autant qu'envers l'homme, la nature, à son égard, s'est montrée injuste, malveillante, ironique, fantasque, illogique ou perfide. Mais aussi bien et, du moins jusqu'à ce jour, parfois mieux que l'homme, il a su tirer parti du seul avantage qu'une marâtre oublieuse, curieuse ou simplement indifférente ait bien voulu lui laisser : une petite force qu'on ne voit pas, que chez lui nous appelons l'instinct, et chez nous, sans qu'on sache pourquoi, l'intelligence. À l'aide de cette petite force qui n'a même pas encore un nom bien défini, il a su se transformer et se créer des armes qu'il ne possédait pas plus spontanément que nous ne possédions les nôtres, il a su s'organiser, se rendre inexpugnable, maintenir dans ses villes la température et l'humidité qui lui sont nécessaires, assurer l'avenir, multiplier à l'infini et devenir peu à peu le plus tenace, le mieux enraciné, le plus redoutable des occupants et des conquérants de ce globe.

C'est pourquoi il m'a semblé qu'il n'était pas oiseux de s'intéresser un instant à cet insecte souvent odieux, mais parfois admirable, de tous les êtres vivants que nous connaissons, celui qui d'une misère égale à la nôtre a su s'élever à une civilisation qui, à certains égards, n'est pas inférieure à celle que nous atteignons aujourd'hui.

1
LA TERMITIÈRE

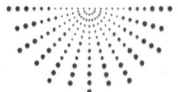

I

On compte de douze à quinze cents espèces de termites. Les plus connus sont le *Termes Bellicosus*, qui édifie d'énormes monticules, le *Nemorosus*, le *Lucifugus* qui a fait une apparition en Europe, l'*Incertus*, le *Vulgaris*, le *Coptotermes*, le *Bornensis* et le *Mangensis* qui ont des soldats à seringue, le *Rhinotermes*, le *Termes Planus*, le *Tenuis*, le *Malayanus*, le *Viator*, l'un des rares qui vivent parfois à découvert et traversent les jungles, en longues lignes, les soldats encadrant les ouvriers porteurs, le *Termes Longipes*, le *Foraminifer*, le *Sulphureus*, le *Gestroi* qui attaque délibérément les arbres vivants et dont les guerriers sont féroces, le *Termes Carbonarius*, dont les soldats rythment d'une façon très particulière le martellement mystérieux sur lequel nous reviendrons, le *Termes Latericus*, le *Lacessitus*, le *Dives*, le *Gilvus*, l'*Azarellii*, le *Translucens*, le *Speciosus*, le *Comis*, le *Laticornis*, le *Brevicornis*, le *Fuscipennis*, l'*Atripennis*, l'*Ovipennis*, le *Regularis*, l'*Inanis*, le *Latifrons*, le *Filicornis*, le *Sordidus* qui habitent l'île de Bornéo, le *Laborator*, de Malacca, les *Capritermes*, dont les mandibules, en cornes de bouc, se détendent comme des ressorts et projettent l'insecte à vingt ou trente centimètres de distance, les *Termopsis*, les *Calotermes* qui sont les plus arriérés ; et des centaines d'autres dont l'énumération serait fastidieuse.

Ajoutons que les observations sur les mœurs de l'insecte exotique et toujours invisible sont récentes et incomplètes, que bien des points y demeurent obscurs et que la termitière est lourde de mystères.

En effet, outre qu'il habite des contrées où les naturalistes sont infiniment plus rares qu'en Europe, le termite n'est pas, ou du moins n'était pas, avant que les Américains s'y fussent intéressés, un insecte de laboratoire, et l'on ne peut guère l'étudier dans des ruches ou des boîtes de verre, comme on fait pour les abeilles et les fourmis. Les grands myrmécologues, tels que les Forel, les Charles Janet, les Lubbock, les Wasmann, les Cornetz et bien d'autres, n'ont pas eu l'occasion de s'en occuper. S'il pénètre dans un cabinet d'entomologie, c'est, généralement pour le détruire. D'autre part, éventrer une termitière n'est pas chose facile et agréable. Les coupoles qui la couvrent sont d'un ciment tellement dur que l'acier des haches s'y ébrèche et qu'il faudrait les faire sauter à la poudre. Souvent les indigènes, par peur ou superstition, refusent de seconder l'explorateur qui, comme le raconte Douville dans son voyage au Congo, est obligé de se vêtir de cuir et de se masquer afin d'échapper aux morsures de milliers de guerriers qui, en un instant, l'enveloppent et ne lâchent jamais prise. Enfin, quand elle est ouverte, elle ne livre que le spectacle d'un immense et redoutable tumulte et nullement les secrets de la vie quotidienne. Au surplus, quoi qu'on fasse, on n'atteint jamais les derniers repaires souterrains qui s'enfoncent à plusieurs mètres de profondeur.

Il existe, il est vrai, une race de termites européens, très petits et probablement dégénérés, qu'un entomologiste français, Charles Lespès, a consciencieusement étudiés il y a soixante-dix ans. On les confond assez facilement avec les fourmis, bien qu'ils soient d'un blanc légèrement ambré et presque diaphane. Ils se trouvent en Sicile, notamment dans la région de Catane et surtout dans les landes des environs de Bordeaux où ils habitent les vieilles souches de pins. Au rebours de leurs congénères des pays chauds, ils ne s'introduisent que fort rarement dans les maisons et n'y font que d'insignifiants dégâts. Ils ne dépassent pas la taille d'une petite fourmi et sont fragiles, minables, peu nombreux, inoffensifs et presque sans défense. Ce sont les parents pauvres de l'espèce, peut-être des descendants égarés et affaiblis des *Lucifugus* que nous retrouverons plus loin. En tous cas, ils ne peuvent nous donner qu'une idée approximative des mœurs et de l'organisation des énormes républiques tropicales.

II

Quelques termites vivent dans les troncs d'arbres creusés en tous sens et sillonnés de galeries qui se prolongent jusque dans les racines. D'autres, comme les *Termes Arboreum*, bâtissent leur nid dans les ramures et l'y fixent si solidement qu'il résiste aux plus violentes tornades et qu'il faut scier les branches pour s'en emparer. Mais la termitière classique, celle des grandes espèces, est toujours souterraine. Rien n'est plus déconcertant, plus fantastique que l'architecture de ces demeures, qui varie selon les pays et dans une même contrée, selon les races, les conditions locales, les matériaux disponibles, car le génie de l'espèce est inépuisablement inventif et s'accommode à toutes les circonstances. Les plus extraordinaires sont les termitières australiennes dont W. Saville-Kent, dans son imposant in-4° *The Naturalist in Australia*, nous donne quelques photographies déconcertantes. Tantôt c'est un simple monticule rugueux, ayant à la base une circonférence d'une trentaine de pas, haut de trois ou quatre mètres, qui a l'air d'un pain de sucre avarié et tronqué. Ailleurs, elles offrent l'aspect d'énormes tas de boue, de formidables bouillons de grès dont l'ébullition aurait été subitement figée par un vent sibérien, à moins qu'elles ne fassent penser aux larmoyantes concrétions calcaires de gigantesques stalagmites enfumées par les torches dans des grottes célèbres et trop visitées, ou encore à l'informe amas de cellules, cent mille fois agrandi, où certaines abeilles sauvages et solitaires thésaurisent leur miel ; à des superpositions, à des imbrications de champignons, à d'invraisemblables éponges enfilées au petit bonheur, à des meules de foin ou de blé vieillies dans les tempêtes, à des moyettes normandes, picardes ou flamandes, car le style des moyettes est aussi tranché et aussi stable que celui des maisons. Les plus remarquables de ces édifices, qu'on ne trouve qu'en Australie, appartiennent au termite Boussole, Magnétique ou Méridien, ainsi nommé parce que ses demeures sont toujours rigoureusement orientées du nord au sud, la partie la plus large vers le midi, la plus étroite vers le septentrion. Au sujet de cette curieuse orientation, les entomologistes ont hasardé diverses hypothèses, mais n'ont pas encore trouvé une explication qui s'impose. Avec leurs aiguilles, leur floraison de pinacles, leurs arcs-boutants, leurs multiples contreforts, leurs couches de ciment qui débordent les unes sur les autres, elles évoquent les cathédrales érodées par les siècles, les châteaux en ruine qu'imagine Gustave Doré ou les burgs fantomatiques que peignait Victor Hugo en diluant une tache d'encre ou de marc de café. D'autres, d'un style plus réservé, présentent un conglomérat de colonnes ondulées dont un homme à cheval et armé d'une lance n'atteint pas le faîte, ou jaillissent parfois à six mètres de hauteur comme des pyramides émaciées ou des obélisques rongés et délités par des millénaires plus ravageurs que ceux de l'Égypte des Pharaons.

Ce qui explique les bizarreries de ces architectures, c'est que le termite ne construit pas comme nous ses maisons du dehors, mais du dedans. Non seulement, étant aveugle, il ne voit pas ce qu'il édifie, mais même s'il y voyait, ne sortant jamais, il ne pourrait s'en rendre compte. Il ne s'intéresse qu'à l'intérieur de son logis et non point à son aspect extérieur. Quant à la façon dont il s'y prend pour bâtir ainsi *ab intra* et à tâtons, ce qu'aucun de nos maçons n'oserait hasarder, c'est un mystère qui n'est pas encore bien éclairci. On n'a pas encore assisté à l'édification d'une termitière et les observations de laboratoire sont difficiles, attendu que dès la première heure les termites couvrent le verre de leur ciment ou au besoin le matent à l'aide d'un liquide spécial. Il ne faut pas perdre de vue que le termite est avant tout un insecte souterrain. Il s'enfonce d'abord dans le sol, le creuse, et le monticule qui émerge n'est qu'une superstructure accessoire mais inévitable, formée de déblais transformés en logements qui s'élèvent et s'étendent selon les besoins de la colonie.

Néanmoins, les observations d'un entomologiste provençal, M. E. Bugnion, qui durant quatre ans étudia de près les termites de Ceylan, peuvent nous donner quelque idée de leur façon de procéder. Il s'agit du termite des cocotiers l'*Eutermes Ceylonicus*, qui a des soldats à seringue (nous verrons plus loin ce que c'est). « Cette espèce, dit M. E. Bugnion, fait son nid dans la terre, sous les racines du cocotier, parfois encore au pied du palmier Kitul, dont les indigènes tirent un sirop. Des cordons grisâtres, disposés le long des arbres, montant des racines jusqu'au bourgeon terminal, trahissent la présence de ces insectes. Ces cordons qui ont à peu près l'épaisseur d'un crayon, sont autant de petits tunnels destinés à protéger contre les fourmis les termites (ouvriers et soldats) qui vont aux provisions au haut des arbres.

« Formés de débris de bois et de grains de terre agglutinés, les cordons des *Eutermes* sont pour le naturaliste un précieux sujet d'études. Il suffit d'enlever avec un couteau un petit segment du tunnel pour pouvoir suivre à la loupe le travail de reconstruction.

« Une expérience de ce genre a été faite sur la plantation de Seenigoda, le 19 décembre 1909. Il est 8 heures du matin, la journée est magnifique. Le thermomètre marque 25°. Le cordon exposé à l'orient se trouve justement en plein soleil. Ayant gratté la paroi sur une longueur de un centimètre, je vois tout d'abord une douzaine de soldats se présenter à l'ouverture, puis, faisant quelques pas, se disposer en cercle avec leurs cornes frontales dirigées en dehors, prêts à faire face à un ennemi éventuel. Revenu après un quart d'heure d'absence, je constate que les termites, tous rentrés dans la galerie, sont déjà occupés à réparer la partie détruite. Une rangée de soldats se tiennent au niveau de l'ouverture, les têtes dirigées en dehors, leurs corps retirés à l'intérieur. Agitant vivement leurs antennes, ils sont occupés à mâchonner les bords de la brèche et à les imbiber de leur salive. Un liséré humide, de couleur plus foncée que le reste de la paroi, se voit déjà tout autour. Bientôt survient un travailleur d'un nouveau genre, appartenant cette fois à la caste des ouvriers. Après avoir reconnu la place au moyen de ses antennes, il se tourne brusquement et présentant son extrémité annale, dépose sur la brèche une gouttelette opaque, d'un jaune brunâtre, expulsé de son rectum. Un autre ouvrier qui tient à la bouche un grain de sable se montre peu après, venu lui aussi de l'intérieur. Le grain de sable qui fait l'office d'un petit moellon est déposé sur la gouttelette à l'endroit marqué.

« La manœuvre se répète maintenant d'une manière régulière. Je puis voir tour à tour pendant une demi-heure un termite (ouvrier) inspecter la brèche, se retourner, émettre sa gouttelette jaune, et un autre chargé d'un grain de sable, le poser sur le bord. Quelques-uns apportent, au lieu de grains de sable, de petits débris de bois. Les soldats qui remuent constamment leurs antennes paraissent spécialement préposés à protéger les ouvriers et à diriger leur travail. Alignés comme au début au niveau de l'ouverture, ils s'écartent au moment où un ouvrier se présente et lui montrent, semble-t-il, l'endroit où il doit déposer son fardeau.

« Le travail de réparation, entièrement exécuté de l'intérieur, a duré une heure et demie ; soldats et ouvriers (ces derniers relativement en petit nombre) se sont d'un commun accord partagé la besogne. »

De son côté, le Dr K. Escherich a eu l'occasion d'observer, dans un jardin botanique tropical, la façon de procéder des *Termes Redemanni* Wasm, et a remarqué qu'ils ont un plan bien déterminé. Ils commencent par la construction d'une sorte d'échafaudage constitué par les cheminées d'aération, transforment ensuite cet échafaudage en bâtisse massive en en remplissant tous les vides, et achèvent l'édifice en en égalisant soigneusement les parois.

III

En certains points du Queensland ou Australie occidentale, principalement au Cap York, et surtout aux environs de l'Albany Pass, les termitières s'étendent sur près de deux kilomètres qu'elles peuplent de pyramides symétriques et régulièrement espacées. Elles rappellent d'immenses champs couverts de ces moyettes dont je viens de parler, les tombes de la vallée de Josaphat, une fabrique de poteries abandonnée ou ces étranges alignements de Carnac, en Bretagne, et font l'étonnement des voyageurs qui, les apercevant du pont du navire, ne peuvent croire qu'elles soient l'œuvre d'un insecte moins gros qu'une abeille.

En effet, la disproportion entre l'œuvre et l'ouvrier est presque invraisemblable. Une termitière moyenne, de quatre mètres, par exemple, mise à l'échelle humaine, nous donnerait un monument haut de six ou sept cents mètres, c'est-à-dire tel que l'homme n'en a jamais construit.

Il existe, sur d'autres points du globe, des agglomérations analogues, mais elles tendent à disparaître devant la civilisation qui en utilise les matériaux, notamment pour la construction des routes et des maisons, car elles fournissent un ciment incomparable. Le termite avait appris à se défendre contre tous les animaux, mais il n'avait pas prévu l'homme d'aujourd'hui. En 1835, l'explorateur Aaran découvrit, au nord du Paraguay, une de ces confédérations qui avait quatre lieues de circonférence et où les termitières étaient plantées si dru qu'elles ne laissaient pas entre elles des intervalles de plus de quinze à vingt pieds. De loin, elles figuraient une énorme ville bâtie d'innombrables petites huttes et donnaient au paysage, dit naïvement notre voyageur, un aspect tout à fait romantique.

Mais les plus grandes termitières se trouvent en Afrique centrale, notamment dans le Congo belge. Celles qui mesurent six mètres de hauteur ne sont pas rares ; et quelques-unes en ont sept ou huit. À Monpono, une tombe érigée sur une termitière pareille à une colline, domine la campagne environnante. Une avenue d'Élisabethville, dans le Haut-Katanga, nous montre, sectionnée par le passage de la route, une termitière qui est deux fois plus élevée que le bungalow qui lui fait face ; et pour la construction du chemin de fer de Sakania, il fallut faire sauter à la dynamite certains de leurs monticules dont les ruines dépassent la cheminée des locomotives. On trouve encore dans le même pays des termitières tumuliformes qui, éventrées, ont l'aspect de véritables maisons à deux ou trois étages dans lesquelles l'homme pourrait s'installer.

Ces monuments sont d'une solidité telle qu'ils résistent à la chute des plus grands arbres, si fréquente en ces pays de tornades, et que le gros bétail, sans les ébranler, les escalade afin de brouter l'herbe qui croît à leur sommet ; car le limon ou plutôt l'espèce de ciment dont ils sont formés, outre qu'il participe à l'humidité soigneusement entretenue à l'intérieur de l'édifice, ayant été trituré par l'insecte et ayant passé par son intestin, est d'une fertilité extraordinaire. Parfois même il y pousse des arbres que, chose étrange, le termite, qui détruit tout ce qu'il rencontre, respecte religieusement.

Quel est l'âge de ces édifices ? Il est bien difficile de l'évaluer. En tout cas, leur croissance est très lente et d'une année à l'autre on n'y voit aucun changement. Autant que s'ils étaient taillés dans la pierre la plus dure, ils résistent indéfiniment aux pluies diluviennes des tropiques. De constantes et soigneuses réparations les maintiennent en bon état, et comme, à moins de catastrophe ou d'épidémie, il n'y a aucune raison pour qu'une colonie qui renaît sans cesse arrive jamais à sa fin, il est fort possible que certains de ces monticules remontent à des temps très anciens. L'entomologiste W. W. Froggatt, qui a exploré un nombre considérable de termitières, n'en a trouvé qu'une seule abandonnée, sur laquelle avait passé la mort. Il est vrai qu'un autre naturaliste, G. F. Hill, estime que dans le Queensland septentrional, quatre-vingt pour cent des nids du *Drepanotermes Silvestrii* et de l'*Hamitermes Perplexus* sont envahis peu à peu et ensuite occupés d'une manière permanente, par une fourmi, l'*Iridomyrmex Sanguineus*. Mais nous reparlerons de la guerre immémoriale des fourmis et des termites.

IV

Ouvrons avec W. W. Froggatt un de ces édifices où grouillent des millions d'existences, bien qu'au dehors on n'y trouve aucune trace de vie, qu'ils semblent aussi déserts qu'une pyramide de granit et que rien ne trahisse l'activité prodigieuse qui y fermente jour et nuit.

Comme je l'ai déjà dit, l'exploration n'est pas facile, et avant W. W. Froggatt, bien peu de naturalistes avaient obtenu des résultats satisfaisants. Améliorant les méthodes antérieures et mieux outillé que ses devanciers, l'éminent entomologiste de Sidney fait d'abord scier le nid par le milieu, puis obliquement de haut en bas. Ses observations, jointes à celles de T. J. Savage, nous donnent une idée générale et suffisante de la distribution de la termitière.

Sous une coupole de bois mâché et granulé d'où rayonnent de nombreux passages, au centre de la cité, à 15 ou 30 centimètres au-dessus de la base, se trouve une masse ronde de grosseur variable, selon l'importance de la termitière, mais qui, agrandie aux proportions humaines, serait plus vaste et plus haute que le dôme de Saint-Pierre de Rome. Elle est formée de minces couches d'une matière ligneuse, assez molle, qui s'enroulent concentriquement comme du papier brun. C'est ce que les entomologistes anglais appellent la « Nursery », que nous nommerons le Nid et qui correspond aux rayons à couvain de nos abeilles. Il est généralement plein de millions de petites larves, pas plus grosses qu'une tête d'épingle, et les murs, apparemment pour en assurer la ventilation, sont percés de milliers d'ouvertures minuscules. La température y est sensiblement plus élevée que dans d'autres parties de la termitière, car il semble que les termites aient connu bien avant nous les avantages d'une sorte de chauffage central. Toujours est-il que lorsque la fraîcheur de l'air extérieur la rend plus sensible, la chaleur contenue dans le nid est telle que T. J. Savage ayant un jour ouvert assez brusquement les grandes galeries du centre et voulant y regarder de trop près, recula devant le souffle chaud qui le frappa au visage, manqua, dit-il, de lui couper la respiration et embua complètement les verres de son lorgnon.

Comment cette température constante, qui est pour les termites une question de vie ou de mort, puisqu'un écart de 16° suffit à les tuer, est-elle entretenue ? T. J. Savage l'explique par la théorie du thermosiphon, la circulation de l'air chaud et de l'air froid étant assurée par des centaines de couloirs qui parcourent tout le logis. Quant à la source de chaleur qui, selon les heures et les saisons, ne doit pas être uniquement solaire, elle est probablement alimentée par la fermentation d'amas d'herbes ou de débris humides.

Rappelons que les abeilles règlent également à volonté, la température générale de la ruche et celle de ses diverses parties. Cette température, durant l'été, ne dépasse pas 85° Fahrenheit et, l'hiver, ne descend pas au-dessous de 80°. La constante thermique est assurée par la combustion des aliments et par des équipes de ventileuses. Dans la grappe où s'élabore la cire, elle s'élève jusqu'à 95° grâce à la suralimentation des cirières.

Des deux côtés de cette « Nourricerie » d'où des galeries mènent vers de plus belles chambres, des œufs blancs et oblongs sont empilés en petits tas, comme des grains de sable. Ensuite, en descendant, nous arrivons à l'appartement qui renferme la reine. Des voûtes le soutiennent ainsi que les pièces adjacentes. Le sol est parfaitement uni et le plafond, bas et cintré, ressemble au dôme que formerait un verre de montre. Il est impossible à la reine de quitter cette cellule, tandis que les ouvriers et les soldats qui la soignent et la gardent entrent et sortent librement. Cette reine, d'après les calculs de Smeathmann, est vingt ou trente fois plus grosse que l'ouvrier. Cela semble vrai pour les espèces supérieures, notamment le *Termes Bellicosus* et le *Natalensis* ; car la taille de la reine est généralement en rapport direct avec l'importance de la colonie. Pour les espèces moyennes, T. J. Savage a constaté que dans un nid où l'ouvrier pèse dix milligrammes, la reine en accuse douze mille. Par contre, chez les espèces primitives, les *Calotermes*, par exemple, la reine est à peine plus grande que l'insecte ailé.

La loge royale est du reste extensible et on l'élargit à mesure que prospère l'abdomen de la souveraine. Le roi l'habite avec elle, mais on ne l'aperçoit guère, étant presque toujours épouvanté et modestement caché sous l'énorme ventre de son épouse. Nous reparlerons des destinées, des malheurs et des prérogatives de ce couple royal.

De ces loges, de grands chemins descendent vers les sous-sols où s'ouvrent de vastes salles soutenues par des piliers. Les emménagements en sont moins connus, car pour les explorer il faut d'abord les démolir à coups de hache ou de pioche. Tout ce qu'on peut savoir, c'est que là, comme du reste autour des loges, se superposent d'innombrables cellules occupées par des larves et des nymphes à divers stades de leur évolution. Plus on descend, plus augmentent le nombre et la taille des jeunes termites. Là aussi se trouvent les magasins où s'entassent le bois mâché et l'herbe coupée en tout petits morceaux. Ce sont les provisions de la colonie. Du reste, en cas de disette, quand manque le bois frais, les murs mêmes de tout l'édifice fournissent, comme dans les contes de fées, les vivres nécessaires, étant fait de matière excrémentielle, c'est-à-dire, dans le monde qui nous occupe, éminemment comestible.

Chez certaines espèces, une partie importante des étages supérieurs est réservée à la culture de champignons spéciaux qui remplacent les protozoaires que nous retrouverons au chapitre suivant et qui comme eux sont chargés de transformer le vieux bois ou l'herbe sèche afin de les rendre assimilables.

Dans d'autres colonies, on trouve de véritables cimetières installés à la partie supérieure du monticule. Il est permis de supposer qu'en cas d'accident ou d'épidémie, les termites de ces colonies ne pouvant marcher du même pas que la mort et consommer en temps utile les cadavres qu'elle multiplie outre mesure, les entassent près de la surface afin que la chaleur du soleil les dessèche rapidement. Ensuite, ils les réduisent en poudre et forment ainsi une réserve de vivres dont ils nourrissent la jeunesse de la cité.

Le *Drepanotermes Silvestri* a même des réserves vivantes, de la viande sur pied, bien que l'expression soit ici tout à fait impropre, la viande en question n'ayant plus aucun moyen de locomotion. Quand, pour une raison que nous ne pénétrons pas, le gouvernement occulte de la termitière estime que le nombre de nymphes dépasse le nécessaire, on parque dans des chambres spéciales celles qui sont de trop, après leur avoir coupé les pattes, afin qu'à se mouvoir sans utilité, elles ne perdent pas leur embonpoint, puis on les mange au fur et à mesure des besoins de la communauté.

Chez ces mêmes *Drepanotermes* on découvre des installations sanitaires. Les déjections sont accumulées dans les réduits où elles durcissent et deviennent sans doute plus savoureuses.

Voilà, dans leurs grandes lignes, les emménagements de la termitière. Ils sont du reste assez variables, car il n'existe pas, nous aurons plus d'une fois l'occasion de le constater, d'animal moins routinier que notre insecte et qui sache, aussi habilement, aussi souplement que l'homme, se plier aux circonstances.

V

De l'énorme hypogée qui généralement s'enfonce sous terre à proportion qu'il s'élève au-dessus, rayonnent d'innombrables, d'interminables couloirs qui s'étendent au loin, à des distances qu'on n'a pas encore pu mesurer, jusqu'aux arbres, aux broussailles, aux herbes, aux maisons qui fournissent la cellulose. C'est ainsi que certaines parties de l'île de Ceylan et de l'Australie, principalement Thursday Island et l'archipel de Cap York, sur des kilomètres d'étendue, sont minées par les galeries souterraines de ces gnomes et rendues complètement inhabitables.

Au Transvaal et à Natal, le sol, d'un bout à l'autre du pays, est sillonné de termitières ; et Cl. Fuller y a trouvé, sur deux petites surfaces de 635 mètres carrés, quatorze et seize nids appartenant à six espèces différentes. Dans le Haut-Katanga, on rencontre souvent, par hectare, une termitière haute de six mètres[1].

Au rebours de la fourmi qui circule librement à la surface du sol, les termites, excepté les adultes ailés dont nous parlerons tout à l'heure, ne quittent pas les chaudes et humides ténèbres de leur tombeau. Ils ne cheminent jamais à découvert et naissent, vivent et meurent sans voir la lumière du jour. En un mot, il n'est pas d'insectes plus secrets. Ils sont voués à l'ombre éternelle. Si, pour se ravitailler, il leur faut franchir des obstacles qu'ils ne peuvent percer, les ingénieurs et les pionniers de la cité sont réquisitionnés. Ils construisent de solides galeries formées de débris de bois savamment malaxés et de matière fécale. Ces galeries sont tubulaires quand elles n'ont pas de soutien ; mais leurs techniciens, avec une habileté remarquable, tirent parti des moindres circonstances qui permettent la plus minime économie de travail et de matière première. Ils agrandissent, rectifient, raccordent, polissent les crevasses profitables. Si la galerie court le long d'une paroi, elle deviendra semi-tubulaire ; si elle peut suivre l'angle formé par deux murs, elle sera simplement couverte de ciment, ce qui épargne deux tiers de la besogne. Dans ces couloirs, strictement mesurés à la taille de l'insecte, de distance en distance, sont ménagés des garages analogues à ceux de nos étroites routes de montagne, afin de permettre aux porteurs encombrés de vivres de se croiser sans difficulté. Parfois, comme l'a observé Smeathmann, quand le trafic est intense, ils réservent une voie à l'aller et une autre au retour.

Ne quittons pas cet hypogée sans appeler l'attention sur une des plus étranges, des plus mystérieuses particularités de ce monde qui renferme tant d'étrangetés et de mystères. J'ai déjà fait allusion à l'humidité surprenante et invariable qu'ils parviennent à entretenir dans leurs demeures, malgré l'aridité de l'air et du sol calcinés, malgré les implacables ardeurs des interminables étés tropicaux qui tarissent les sources, dévorent tout ce qui vit sur terre et dessèchent jusqu'aux racines des grands arbres. Le phénomène est tellement anormal, que le Dr David Livingstone, le grand explorateur doublé d'un naturaliste extrêmement consciencieux que Stanley rejoignit en 1871 sur les bords du lac Tanganyika, déconcerté, se demande si, par des procédés qui nous sont encore inconnus, les habitants de la termitière ne réussissent pas à combiner l'oxygène de l'atmosphère avec l'hydrogène de leur alimentation végétale, de manière qu'à mesure qu'elle s'évapore, ils reconstituent l'eau dont ils ont besoin. La question n'est pas encore résolue, mais l'hypothèse est parfaitement vraisemblable. Nous aurons à constater plus d'une fois que les termites sont des chimistes et des biologistes qui pourraient nous donner des leçons. Il est du reste fort possible, comme le suppose M. Charles Dufour, que le termite va tout simplement chercher l'humidité à de grandes profondeurs ou aux racines mêmes des arbres. Le volume du monticule formé à la surface du sol par une grande termitière est d'environ 200 mètres cubes. Si cette masse avait été extraite des couches supérieures dans un certain rayon du monticule ou immédiatement sous celui-ci, on trouverait de grands vides, de véritables caves, or, on ne constate jamais d'affaissements aux termitières mêmes ou dans leur voisinage.

1. Ceux qui ont été dans cette région, me fait remarquer M. Charles Dufour qui séjourna durant plus de vingt ans au Congo belge, ont pu constater que par hectare on y compte parfois quatre et cinq termitières et même davantage. Leurs dimensions sont considérables et la hauteur de six mètres est souvent dépassée. J'ai observé que les indigènes installent souvent au sommet d'une haute termitière située dans le village, leur gong ou leur tam-tam.

2
L'ALIMENTATION

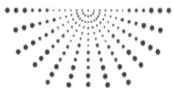

*J*ls ont notamment résolu une fois pour toutes, plus parfaitement, plus scientifiquement que nul autre animal, hors peut-être certains poissons, le problème capital de toute vie, c'est-à-dire le problème de l'alimentation. Ils ne se nourrissent que de cellulose qui est, après les minéraux, la substance la plus répandue sur notre terre, puisqu'elle forme la partie solide, l'armature de tous les végétaux. Partout où il y a un bois, des racines, des ronces, une herbe quelconque, ils trouvent donc d'inépuisables réserves. Mais, ainsi que la plupart des animaux, ils ne peuvent digérer la cellulose. Comment font-ils pour se l'assimiler ? Ils ont, selon les espèces, tourné la difficulté de deux façons pareillement ingénieuses. Pour les termites champignonnistes dont nous reparlerons, la question est assez simple ; mais pour les autres, elle était demeurée fort obscure et il n'y a pas bien longtemps que L. R. Cleveland, grâce aux puissantes ressources de son laboratoire de l'Université d'Harvard, l'a complètement élucidée. Il a d'abord constaté que de tous les animaux qu'on a étudiés, les termites xylophages possèdent la faune intestinale la plus variée et la plus abondante ; elle représente à peu près la moitié du poids de l'insecte. Quatre formes de protozoaires flagellés bourrent littéralement ses entrailles, ce sont, par ordre de grandeur : le *Trichonympha Campanula* qui y pullule par millions, le *Leidyopsis Sphærica*, le *Trichomonas* et le *Streblomastix Strix*. On ne les trouve dans aucun autre animal. Afin d'éliminer cette faune, on soumet, durant vingt-quatre heures, le termite à une température de 36°. Il n'en paraît nullement incommodé, mais tous ses parasites abdominaux sont anéantis. Le termite ainsi débarrassé, ou « défauné », comme disent les techniciens, si on le nourrit de cellulose, peut vivre de dix à vingt jours, après quoi il meurt de faim. Mais qu'avant l'échéance fatale, on lui restitue ses protozoaires, il continue de vivre indéfiniment*.

On voit au microscope le protozoaire absorber, par invagination, dans l'intestin de son hôte, les particules de bois, les digérer, puis mourir pour être à son tour digéré par le termite.

De son côté, sorti de l'intestin, le protozoaire périt presque immédiatement, même si on le met sur un tas de cellulose. C'est un cas d'indissoluble symbiose, comme la nature nous en donne quelques exemples.

Il n'est pas inutile d'ajouter que les expériences de L. R. Cleveland ont été faites sur plus de cent mille termites.

Quant à savoir comment ils fixent l'azote atmosphérique dont ils ont besoin pour élaborer les protéines, ou comment ils transforment les carbohydrates en protéines, la question est encore à l'étude.

D'autres espèces, de grande taille, d'une civilisation plus avancée, n'ont pas de protozoaires intestinaux, mais confient la première digestion de la cellulose à de minuscules cryptogames dont ils sèment les spores sur un compost savamment préparé. Ils aménagent ainsi, au centre de la termitière, de vastes champignonnières qu'ils cultivent méthodiquement, comme le font, dans les anciennes carrières des environs de Paris, les spécialistes de l'Agaric comestible. Ce sont de véritables jardins où s'élèvent des meules consacrées à un Agaric *(Volvaria eurhiza)* et à un Xylaria *(Xylaria nigripes)*. Leurs procédés nous sont encore inconnus, car on a vainement tenté d'obtenir dans les laboratoires les boules blanches de cet agaric appelées mycotêtes ; elles ne prospèrent que dans la termitière.

Quand ils abandonnent la cité natale pour émigrer ou fonder une

---

* D'après les expériences de L. R. Cleveland, *Trichonympha* et *Leidyopsis* permettent l'un et l'autre à leur hâte de vivre indéfiniment, mais *Trichomonas* seul ne lui permet pas une survie dépassant soixante à soixante-dix jours : quant au *Streblomastix*, il n'a aucune influence sur la vie de son hôte ; son existence comme celle du termite dépend de la présence des autres protozoaires. Quand on fait disparaître les *Trichonympha*, les *Leidyopsis* seuls se multiplient plus activement et remplacent les *Trichonympha*. Quand les *Trichonympha* et les *Leidyopsis* ont tous deux disparu, les *Trichomonas* les suppléent partiellement.

Ces curieuses expériences furent faites sur le grand termite du Pacifique : *Termopsis Nevadensis Hagen*. On obtient à volonté l'élimination de l'un ou l'autre des quatre protozoaires à l'aide de jeûnes ou d'oxygénation. Par exemple, après six jours de jeûne, *Trichonympha Campanula* périt, les trois autres subsistent ; après huit jours, *Leidyopsis Sphaerica* succombe, après vingt-quatre heures d'oxygénation à l'atmosphère, *Trichomonas* meurt tandis que les trois autres résistent, etc.

colonie nouvelle, ils ont toujours soin d'emporter une certaine quantité de ces champignons ou du moins de leurs conidies qui en sont la semence.

Quelle est l'origine de cette double digestion ? On en est réduit à des conjectures plus ou moins acceptables. Il est vraisemblable qu'il y a des millions d'années, les ancêtres des termites qu'on découvre dans le secondaire ou le tertiaire trouvaient en abondance des aliments qu'ils pouvaient digérer sans le secours d'un parasite. Une longue disette survint-elle qui les força de se nourrir de débris ligneux, et seuls ceux qui, parmi des milliers d'autres infusoires, hébergeaient le protozoaire spécifique, survécurent-ils ?

Remarquons qu'aujourd'hui encore ils digèrent directement l'humus qui est, comme on sait, formé de substances végétales décomposées ou déjà digérées par des bactéries. Ceux dont on a supprimé les protozoaires et qui sont sur le point de mourir de faim, reviennent à la vie et prospèrent indéfiniment si on les met au régime exclusif de l'humus. Il est vrai qu'à ce régime les protozoaires ne tardent pas à reparaître dans l'intestin.

Mais pourquoi ont-ils renoncé à l'humus ? Est-ce parce que dans les pays chauds il est moins abondant, moins accessible que la cellulose proprement dite ? Est-ce l'apparition de la fourmi qui rendit le ravitaillement en humus plus difficile et plus dangereux ? L. R. Cleveland, de son côté, suppose que pendant qu'ils se nourrissaient d'humus, ils absorbaient en même temps des particules de bois qui contenaient des protozoaires, lesquels multiplièrent et les habituèrent à la xylophagie exclusive.

Ces hypothèses sont plus ou moins discutables. On n'en néglige qu'une : l'intelligence et la volonté des termites. Pourquoi ne pas admettre qu'ils aient trouvé plus commode et préférable d'héberger en eux leurs protozoaires digestifs, ce qui leur permit de renoncer à l'humus et de manger n'importe quoi ? C'est assurément ce qu'aurait fait l'homme s'il s'était trouvé à leur place.

Pour les termites fongicoles, c'est-à-dire pour ceux qui cultivent les champignons, la dernière hypothèse est la seule défendable. Il est évident qu'à l'origine des champignons naquirent spontanément sur les débris d'herbes et de bois accumulés dans leurs caves. Ils durent constater que ces champignons fournissaient une nourriture beaucoup plus riche, plus sûre et plus directement assimilable que l'humus ou les déchets ligneux, et qu'ils avaient en outre l'avantage de les débarrasser de protozoaires encombrants qui les alourdissaient. Ils cultivèrent dès lors méthodiquement ces cryptogames. Ils perfectionnèrent cette culture à tel point qu'aujourd'hui, par d'attentifs sarclages, ils éliminent toutes les autres espèces qui naissent dans leurs jardins et n'y laissent prospérer que les deux variétés d'Agaric et de Xylaria reconnues les meilleures. En outre, à côté des jardins en exploitation, ils préparent des jardins supplémentaires, des jardins d'attente, avec réserves de semences destinées à l'édification rapide de couches de secours, afin de remplacer celles qui se sentent brusquement fatiguées ou stérilisées, comme il arrive fréquemment dans le monde fantasque des cryptogames.

Évidemment, ou tout au moins probablement, c'est au hasard que tout cela est dû ; comme c'est également du hasard que vint l'idée de la culture en meules qui est la plus pratique, comme l'attestent les champignonnières des environs de Paris.

Remarquons du reste que la plupart de nos inventions sont attribuables au hasard. C'est presque toujours une indication, une insinuation de la nature qui nous met sur la voie. Il importe ensuite de tirer parti de l'indication, d'en exploiter les conséquences, c'est ce que firent les termites aussi ingénieusement, aussi systématiquement que nous l'aurions fait. Quand il s'agit de l'homme, c'est un triomphe de son intelligence, quand il est question du termite, c'est la force des choses ou le génie de la nature.

3
LES OUVRIERS

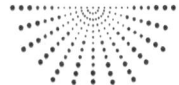

L'organisation sociale et économique de la termitière est beaucoup plus étrange, plus compliquée et plus déconcertante que celle de la ruche. On trouve dans la ruche des ouvrières, du couvain, des mâles et une reine qui n'est au fond qu'une ouvrière dont les organes reproducteurs se sont librement développés. Tout ce monde se nourrit du miel et du pollen récoltés par les ouvrières. Dans la termitière, le polymorphisme est plus surprenant. D'après Fritz Müller, Grassi et Sandias, classiques de la termitologie, on compte de onze à quinze formes d'individus issus d'œufs en apparence identiques. Sans entrer dans le détail compliqué et trop technique de certaines de ces formes que faute de mieux on a nommées formes 1, 2 et 3, nous nous bornerons à étudier les trois castes (qui du reste comprennent des subdivisions), et qu'on peut appeler la caste laborieuse, la caste guerrière et la caste reproductrice.

Dans la ruche, nous le savons, la femelle règne seule : c'est le matriarcat absolu. À une époque préhistorique, soit par révolution, soit par évolution, les mâles ont été relégués à l'arrière-plan et quelques centaines d'entre eux sont simplement tolérés durant un certain temps comme un mal onéreux mais inévitable. Sortis d'un œuf semblable à ceux dont naissent les ouvrières, mais non fécondé, ils forment une caste de princes fainéants, goulus, turbulents, jouisseurs, sensuels, encombrants, imbéciles et manifestement méprisés. Ils ont l'œil magnifique mais le cerveau très étroit et sont dépourvus de toute arme, ne possédant pas l'aiguillon de la travailleuse qui au fond n'est que l'oviducte qu'une virginité immémoriale a transformé en stylet empoisonné. Après les vols nuptiaux, leur mission accomplie, ils sont massacrés sans gloire, car les vierges prudentes et impitoyables ne daignent pas tirer contre une telle engeance le poignard précieux et fragile réservé aux grands ennemis. Elles se contentent de leur arracher une aile et les jettent à la porte de la ruche où ils meurent de froid et de faim.

Dans la termitière une castration volontaire remplace le matriarcat. Les ouvriers sont ou mâles ou femelles, mais leur sexe est complètement atrophié et à peine différencié. Ils sont totalement aveugles, n'ont pas d'armes, n'ont pas d'ailes. Seuls ils sont chargés de la récolte, de l'élaboration et de la digestion de la cellulose et nourrissent tous les autres habitants. Hors eux, aucun de ces habitants, que ce soit le roi, la reine, les guerriers ou ces étranges substituts et ces adultes ailés dont nous reparlerons, n'est capable de profiter des vivres qui se trouvent à sa portée. Ils mourraient de faim sur le plus magnifique tas de cellulose, les uns, comme les guerriers, parce que leurs mandibules sont tellement monstrueuses qu'elles rendent la bouche inaccessible, les autres, comme le roi, la reine, les adultes ailés qui quittent le nid et les individus mis en réserve ou en observation pour remplacer au besoin les souverains morts ou insuffisants, parce qu'ils n'ont pas de protozoaires dans l'intestin. Les travailleurs seuls savent manger et digérer. Ils sont en quelque sorte l'estomac et le ventre collectifs de la population. Quand un termite, à quelque classe qu'il appartienne, a faim, il donne un coup d'antenne à l'ouvrier qui passe. Aussitôt celui-ci fournit au solliciteur en bas âge, c'est-à-dire susceptible de devenir roi, reine ou insecte ailé, ce qu'il a dans l'estomac. Si le quémandeur est adulte, le travailleur se tourne tête-bêche et lui cède généreusement ce que contient son intestin.

On le voit, c'est le communisme intégral, le communisme de l'œsophage et des entrailles, poussé jusqu'à la coprophagie collective. Rien ne se perd dans la sinistre et prospère république où se réalise, au point de vue économique, le sordide idéal que la nature semble nous proposer. Si quelqu'un change de peau, sa défroque est immédiatement dévorée ; si quelqu'un meurt, ouvrier, roi, reine ou guerrier, le cadavre est à l'instant consommé par les survivants. Nul déchet, le nettoyage est automatique et toujours profitable, tout est bon, rien ne traîne, tout est comestible, tout est cellulose, et les excréments sont réutilisés presque indéfiniment. L'excrément est du reste la matière première, si l'on peut dire, de toutes leurs industries, y compris, nous venons de le voir, celles de l'alimentation.

Leurs galeries, par exemple, sont intérieurement polies et vernissées avec le plus grand soin et le vernis employé est exclusivement stercoral. S'agit-il de fabriquer un tuyau, d'étayer un cheminement, de construire des cellules ou des loges, d'édifier des appartements royaux, de réparer une brèche, d'obturer une fissure par où pourrait se glisser un filet d'air frais, un rayon de lumière, choses entre toutes épouvantables, c'est encore aux résidus de leur digestion qu'ils recourent. On dirait qu'ils sont avant tout des chimistes transcendantaux dont la science a surmonté tout préjugé, tout dégoût, qui ont atteint la sereine conviction que dans la nature rien n'est répugnant et que tout se ramène à quelques corps simples, chimiquement indifférents, propres et purs.

En vertu de la surprenante faculté de commander aux corps et de les transformer selon les tâches, les besoins et les circonstances que possède l'espèce, les ouvriers se divisent en deux castes : les grands et les petits. Les premiers, pourvus de mandibules plus puissantes, qui croisent leurs lames comme des ciseaux, vont au loin, par les chemins couverts, dépecer le bois et autres matières dures, en vue du ravitaillement ; les seconds, plus nombreux, restent à la maison et se consacrent aux œufs, aux larves, aux nymphes, à l'alimentation des insectes parfaits, à celle du roi et de la reine, aux magasins et à tous les soins du ménage.

4
LES SOLDATS

I

Après les travailleurs viennent les guerriers, mâles ou femelles, au sexe pareillement sacrifié, également aveugles et privés d'ailes. Ici nous prenons vraiment sur le fait ce que nous appellerons l'intelligence, l'instinct, la force créatrice, le génie de l'espèce ou de la nature, à moins que vous ne lui donniez quelque autre nom qui vous paraisse plus juste et préférable.

Normalement, comme je l'ai déjà dit, il n'est pas d'être plus déshérité que le termite. Il n'a pas d'armes offensives ou défensives. Son ventre mou crève sous la pression d'un doigt d'enfant. Il ne possède qu'un outil pour un travail obscur et sans relâche. Attaqué par la plus chétive fourmi, il est vaincu d'avance. Sort-il de son repaire, sans yeux, presque rampant, muni de petites mâchoires habiles à pulvériser le bois, mais inaptes à happer l'adversaire, il n'en a pas franchi le seuil qu'il est perdu. Et ce repaire, sa patrie, sa cité, son seul bien et son tout, son âme véritable qui est l'âme de sa foule, ce saint des saints de tout son être, plus hermétiquement clos qu'une jarre de grès ou un obélisque de granit, une irrésistible loi ancestrale, à certains moments de l'année, lui ordonne de l'ouvrir de toutes parts. Entouré de milliers d'ennemis qui guettent ces minutes tragiquement périodiques où tout ce qu'il possède, son présent et son avenir, est offert au massacre, il a su faire, depuis on ne sait quand, ce que l'homme, son égal dans le déshéritement, fait à son tour après de longs millénaires d'angoisse et de misère. Il a créé de toutes pièces des armes invincibles à ses ennemis normaux, aux ennemis de son ordre. En effet, il n'est pas un seul animal qui puisse entamer la termitière, la réduire à merci et la fourmi ne peut s'y installer que par surprise.

L'homme seul, le dernier venu, né d'hier, qu'il ne connaissait pas, contre lequel il ne s'est pas encore prémuni, peut en venir à bout, à l'aide de la poudre, de la pioche et de la scie.

Ces armes, il ne les a pas empruntées comme nous au monde extérieur ; il a fait mieux, qui prouve qu'il est plus près que nous des sources de la vie : il les a forgées dans son propre corps, il les a tirées de soi, en matérialisant en quelque sorte son héroïsme, par un miracle de son imagination, de sa volonté, ou grâce à quelque connivence avec l'âme de ce monde, ou la connaissance de mystérieuses lois biologiques dont nous n'avons encore qu'une très vague idée, car il est certain que sur ce point, et sur quelques autres, le termite en sait plus que nous, et que la volonté qui chez nous ne dépasse pas la conscience et ne commande qu'à la pensée, il l'étend à toute la région ténébreuse où fonctionnent et se façonnent les organes de la vie.

Il a donc, afin d'assurer la défense de ses citadelles, fait sortir d'œufs en tout semblables à ceux dont naissent les travailleurs, car même au microscope on ne découvre aucune différence, une caste de monstres échappés d'un cauchemar et qui rappellent les plus fantastiques diableries de Hiéronymus Bosch, de Breughel-le-Vieux et de Callot. La tête cuirassée de chitine a pris un développement phénoménal, hallucinant, et porte des mandibules plus volumineuses que le reste du corps. Tout l'insecte n'est qu'un bouclier de corne et une paire de tenailles-cisailles, semblables à celles des homards, actionnées par des muscles puissants ; et ces tenailles aussi dures que l'acier sont si lourdes, et tellement encombrantes et disproportionnées, que celui qui en est accablé est incapable de manger et doit être nourri à la becquée par les travailleurs.

On trouve parfois dans la même termitière deux sortes de soldats, l'une de grande, l'autre de petite taille, bien que toutes deux également adultes. L'utilité de ces petits soldats n'est pas encore bien expliquée, attendu qu'en cas d'alerte ils prennent la fuite aussi promptement que les ouvriers. Ils paraissent chargés de la police intérieure. Quelques espèces ont même trois types de guerriers.

Une famille de termites, les Eutermes, a des soldats qui sont encore plus fantastiques, on les appelle nasutés, nasicornes ou termites à trompe ou à seringue. Ils ne possèdent pas de mandibules et leur tête est remplacée par un appareil énorme et bizarre qui ressemble exactement aux poires à injections que vendent les pharmaciens ou les marchands d'objets en caoutchouc et qui est aussi volumineuse que le reste de leur corps. À l'aide de cette poire, ou de cette ampoule cervicale, au jugé, étant dépourvus d'yeux, ils projettent sur leurs adversaires, à deux centimètres de distance, un liquide gluant qui les paralyse et que la fourmi, l'ennemi millénaire, redoute beaucoup plus que les mandibules des autres soldats*. Cette arme perfectionnée, sorte d'artillerie portative, est si nettement supérieure à l'autre, qu'elle permet à l'un de ces termites, l'*Eutermes Monoceros*, quoique aveugle, d'organiser des expéditions à découvert et de faire en masse des sorties nocturnes pour aller récolter le long du tronc des cocotiers le lichen dont il est friand. Une curieuse photographie au magnésium, prise en l'île de Ceylan par E. Bugnion, nous montre l'armée en marche, coulant comme un ruisseau, durant plusieurs heures, entre deux haies de soldats bien alignés, la seringue tournée en dehors, afin de tenir en respect les fourmis[†].

Ils sont très rares, les termites qui osent braver la lumière du jour. On ne connaît guère que l'*Hodotermes Havilandi* et le *Termes Viator* ou *Viarum*. Il est vrai, qu'exceptionnellement, ils n'ont pas fait comme les autres vœu de cécité. Ils ont des yeux à facettes ; et, encadrés de soldats qui les protègent,

---

[*] M. Bathelier, directeur de l'Institut pathologique de Saïgon, ayant enfermé dans une cuvette de Pétri une cinquantaine de soldats d'*Eutermes* en compagnie de six fourmis rousses de grande taille, au bout de quelques minutes, trouva les six fourmis empêtrées et incapables de se mouvoir. L'une d'elles essayait-elle de remuer, un soldat l'arrêtait aussitôt, le rostre dirigé de son côté et la gratifiait d'une injection. Il n'y avait, d'ailleurs, pas de contact, et la seringue de l'*Eutermes* ne gardait sa direction en avant que pendant un temps très court. Plus les fourmis se débattaient, plus leurs membres se collaient entre eux et adhéraient au long du corps. Bientôt complètement immobilisées, elles finirent par succ

[†] « Le dénombrement de l'armée sortante effectué sur des photographies agrandies (instantanés au magnésium) a donné, pour une longueur de 32 centimètres, des chiffres variant de 232 à 623 soit, pour 1 mètre, de 896 à 1.917 termites. Prenons comme chiffre moyen 1000 individus par mètre, cela ferait pour l'armée entière défilant pendant cinq heures, à raison de 1 mètre à la minute, un total de 300.000 termites. Le nombre des soldats de garde compté sur l'une des photographies était, pour une longueur de 55 centimètres, de 80 à gauche et 51 à droite, ce qui donne pour 1 mètre 146 et 96, ensemble 238.

« Un jour où l'armée rentrante était harcelée par les fourmis (*Pheidologeton*), j'ai compté le long du soubassement de la cabane, sur une longueur de 3 mètres 50, une rangée de 281 soldats qui, faisant face à l'ennemi, couvraient la retraite des ouvriers chargés de lichens. Ceux-ci marchaient du côté du mur à l'abri des agresseurs. » (Dr E. Bugnion.) N'oublions pas qu'il s'agit ici d'ouvriers et de soldats aveugles et demandons-nous ce que des hommes feraient à leur place.

les surveillent et les dirigent, vont aux provisions dans la jungle et marchent militairement par rangs de douze ou quinze individus. Parfois, l'un des soldats qui les flanquent monte sur une éminence afin de reconnaître les alentours et fait entendre un sifflement auquel répond la troupe qui accélère le pas. C'est ce sifflement qui signala leur présence à Smeathmann, le premier qui les découvrit. Ici aussi, comme dans l'exemple précédent, le défilé des troupes innombrables demanda cinq ou six heures.

Les soldats des autres espèces ne quittent jamais la forteresse qu'ils sont chargés de défendre. Ils y sont retenus par une cécité totale. Le génie de l'espèce a trouvé ce moyen pratique et radical de les fixer à leur poste. Au surplus, ils n'ont d'efficace qu'à leurs créneaux et lorsqu'ils peuvent faire front. Qu'on les tourne, les voilà perdus, le buste seul est armé et cuirassé et l'arrière-train, mou comme un ver, est offert à toutes les morsures.

II

L'ennemie-née c'est la fourmi, ennemie héréditaire, ennemie depuis deux ou trois millions d'années, car elle est géologiquement postérieure au termite*. On peut dire que, n'était la fourmi, l'insecte dévastateur dont nous nous occupons serait peut-être, à l'heure qu'il est, maître de la partie méridionale de ce globe ; à moins qu'on ne soutienne, d'autre part, que c'est à la nécessité de se défendre contre elle que le termite doit le meilleur de lui-même, le développement de son intelligence, les admirables progrès qu'il a réalisés et la prodigieuse organisation de ses républiques, problème qu'il est difficile de résoudre.

En remontant aux espèces inférieures, nous rencontrons, entre autres, l'*Archotermopsis* et le *Calotermes*. Ils ne sont pas encore constructeurs et creusent leurs galeries dans des troncs d'arbres. Tous accomplissent à peu près la même besogne et les castes sont à peine différenciées. Pour empêcher la fourmi de pénétrer dans le nid, ils se contentent d'en boucher l'orifice avec des crottes mêlées de sciure de bois. Néanmoins, un *Calotermes*, le *Dilatus*, a déjà créé un type de soldat tout à fait spécial dont la tête n'est qu'une sorte d'énorme tampon taillé en pointe, qui, pour boucher un trou, remplace avantageusement la sciure de bois.

---

* L'homme a tiré parti de cette inimitié mortelle : c'est ainsi que les indigènes de Madras utilisent certaines espèces de fourmis, notamment le *Pheidologeton*, pour détruire les termites dans les entrepôts de marchandises.

Nous arrivons ainsi aux espèces les plus civilisées, les grands termites à champignons et les *Eutermes* à seringue, en retrouvant, échelon par échelon, – il y en a des centaines, – toutes les étapes d'une évolution, tous les progrès d'une civilisation qui, probablement, n'a pas encore atteint son apogée. Ce travail à peine esquissé par E. Bugnion* est, du reste, pour l'instant, impossible, car, sur les douze ou quinze cents espèces qu'on présume qui existent, Nils Holmgren, en 1912, n'en avait classé que 575, dont 206 pour l'Afrique et l'on ne connaît, approximativement, les mœurs que d'une centaine d'entre elles. Mais ce que nous savons permet déjà d'affirmer qu'entre les espèces étudiées existe la même échelle de valeurs qu'entre les anthropophages de la Polynésie et les races européennes qui tiennent les sommets de notre civilisation.

La fourmi rôde donc jour et nuit sur la meule, à la recherche d'une ouverture. C'est surtout contre elle que toutes les précautions sont prises et que les moindres fissures sont sévèrement gardées, notamment celles que nécessitent les cheminées d'aérage, car la ventilation de la termitière est assurée par une circulation d'air à laquelle nos meilleurs hygiénistes ne trouveraient rien à reprocher.

Mais quel que soit l'agresseur, dès que le nid est attaqué et que brèche y est faite, on voit surgir l'énorme tête d'un défenseur qui donne l'alarme en frappant le sol de ses mandibules. Aussitôt accourt le corps de garde, puis toute la garnison qui de ses crânes obture la percée, en agitant au hasard, aveuglément, un buisson de redoutables, d'effroyables et bruyantes mâchoires ou, toujours à tâtons, se précipitant comme une meute de bouledogues sur l'adversaire qu'ils mordent rageusement, emportant le morceau et ne lâchant jamais prise†.

---

* Voici, d'après E. Bugnion, quelques degrés de cette évolution :
 1er degré : tassement de la sciure de bois dans la partie externe des galeries. Boudins plus ou moins compacts, formés de sciure et de crottes, destinés à boucher les issues (*Calotermes, Termopsis*).
 2e degré : Agglutination de débris de bois au moyen de la salive ou du liquide contenu dans le rectum, de manière à former des tunnels, des cloisons protectrices et des nids entièrement clos. Industrie du carton de bois en général (*Coptotermes, Arrhinotermes, Eutermes*).
 3e degré : Art de maçonner au moyen d'un mortier formé de grains de terre et de salive. Perfectionnement graduel à partir de simples encroûtements de terre jusqu'aux termitières les plus parfaites.
 4e degré : Culture des champignons. Art de plus en plus parfait des termites champignonnistes (*Termes*).
† E. Bugnion, dans son opuscule, nous donne, pris sur le fait, un bien curieux exemple de cette défense intelligente et vigilante. Il avait mis, dans une caissette couverte d'un verre, une colonie *d'Eutermes Lacustris*. Le lendemain, il trouve la table sur laquelle il l'avait déposée couverte de fourmis terribles, les *Pheidologeton diversus*. La vitre joignant mal, il crut sa colonie

III

Si l'attaque se prolonge, les soldats entrent en fureur et émettent un son clair, vibrant et plus rapide que le tic-tac d'une montre, qu'on entend à plusieurs mètres de distance. Un sifflement y répond de l'intérieur du nid. Cette sorte de chant de guerre ou d'hymne de la colère, produit par les heurts de la tête contre le ciment et la friction de la base de l'occiput contre le corselet, est rythmé très nettement et reprend de minute en minute.

Parfois, malgré l'héroïque défense, il arrive qu'un certain nombre de fourmis parviennent à s'introduire dans la citadelle. On fait alors la part du feu. Les soldats contiennent de leur mieux l'envahisseur, cependant qu'à l'arrière les ouvriers murent en hâte les débouchés de tous les couloirs. Les guerriers sont sacrifiés mais l'ennemi est forclos. C'est ainsi qu'on trouve certains monticules où termites et fourmis paraissent cohabiter et vivre en bonne intelligence. En réalité, les fourmis n'en occupent qu'une partie qu'on leur a définitivement abandonnée, sans qu'elles puissent pénétrer au cœur de la place.

Généralement l'attaque, qui n'aboutit que fort rarement à la prise totale de la citadelle, se termine par la razzia des parties conquises. Chaque fourmi, dit H. Prel qui a observé ces combats dans l'Usambara (Afrique orientale allemande), fait une demi-douzaine de prisonniers qui, mutilés, se débattent faiblement sur le sol ; après quoi, chacun des maraudeurs ramasse trois ou quatre termites qu'il emporte ; les colonnes se reforment et rentrent dans leur repaire.

L'armée des fourmis observées avait dix centimètres de large sur un mètre cinquante de long. Elle émettait en marche une stridulation continuelle.

L'agression repoussée, les soldats demeurent quelque temps sur la brèche, puis regagnent leur poste ou rentrent dans leurs casernes. Après quoi reparaissent les ouvriers qui avaient fui au premier signal du danger, conformément à une stricte et judicieuse distribution ou division du travail qui place d'un côté l'héroïsme et de l'autre la main-d'œuvre. Ils se mettent incontinent à réparer les dégâts avec une rapidité fantastique, chacun apportant sa boulette d'excrément. Au bout d'une heure, constate le Dr Tragardh, une ouverture de la grandeur de la paume d'une main est

---

perdue. Il n'en était rien. Avertis du danger, les soldats s'étaient rangés sur la table tout autour de la caissette ; une garde bien alignée se tenait en outre le long de la rainure qui tenait la vitre on place. Faisant face à l'ennemi avec leurs seringues, les vaillants petits soldats avaient veillé toute la nuit et n'avaient pas laissé passer une seule fourmi.

fermée ; et T. J. Savage nous apprend qu'ayant un soir saccagé une termitière, il vit le lendemain matin tout remis en état et recouvert d'une nouvelle couche de ciment. Cette rapidité est pour eux une question de vie ou de mort, car la moindre brèche est un appel à des ennemis sans nombre et, fatalement, la fin de la colonie.

IV

Ces guerriers qui d'abord semblent n'être que les mercenaires, mais des mercenaires fidèles et toujours héroïques, d'une Carthage impitoyable, remplissent d'autres emplois. Chez l'*Eutermes Monoceros*, bien qu'aveugles (mais personne n'y voit dans la colonie), ils sont envoyés en reconnaissance avant que l'armée aborde un cocotier. Nous venons de dire que dans les expéditions du *Termes Viator*, ils agissent comme de véritables officiers. Il est assez probable qu'il en va de même dans les termitières cloîtrées, encore qu'ici l'observation soit presque impossible, puisqu'à la moindre alerte ils courent à la brèche et ne sont plus que des soldats. Un instantané pris au magnésium par W. Savile-Kent, en Australie, nous en montre deux qui semblent surveiller une escouade d'ouvriers en train de ronger une planche. Ils tâchent de se rendre utiles, transportent les œufs sur leurs mandibules, se tiennent aux carrefours comme s'ils y réglaient la circulation et Smeathmann affirme même en avoir vu qui, par de petits tapotements affectueux, assistaient la reine dans l'expulsion difficile d'un œuf récalcitrant.

Ils semblent avoir plus d'initiative et être plus intelligents que les ouvriers et forment, en somme, au sein de la république soviétique, une sorte d'aristocratie. Mais c'est une aristocratie bien misérable qui, comme la nôtre – et c'est encore un trait humain – est incapable de subvenir à ses besoins et dépend pour le vivre entièrement du peuple. Heureusement pour elle, qu'au rebours de ce qui se passe ou paraît se passer chez nous, leur sort n'est pas entièrement lié aux caprices aveugles de la foule, mais se trouve aux mains d'une autre puissance dont nous n'avons pas encore rencontré la face et dont nous chercherons plus loin à percer le mystère.

Nous verrons, en parlant de l'essaimage, qu'aux heures tragiques où la cité est en péril de mort, ils assurent seuls la police des sorties, gardent leur sang-froid au milieu de la folie qui les environne et paraissent agir au nom d'une sorte de comité de salut public qui leur délègue des pouvoirs absolus. Toutefois, malgré l'autorité dont ils semblent en plusieurs circonstances revêtus, et dont les armes terribles qu'ils possèdent leur permettraient aisément d'abuser, ils n'en demeurent pas moins à la merci de la puissance souveraine et occulte qui gouverne leur république. Ils forment, en général, un cinquième de la population totale. S'ils dépassent cette proportion, si, par exemple, comme on en a fait l'expérience dans les petites termitières, les seules où l'on puisse tenter des observations de ce genre, on en met en surnombre, la puissance inconnue qui doit savoir assez exactement compter, en fait périr à peu près autant qu'on en a introduits, non point parce qu'ils sont étrangers, – les ayant marqués, on a pu le constater – mais parce qu'ils sont de trop.

Ils ne sont pas massacrés comme les mâles des abeilles ; cent ouvriers ne viendraient pas à bout d'un de ces monstres qui ne sont vulnérables qu'à l'arrière-train. Tout simplement on ne leur donne plus la becquée et, incapables de manger, ils meurent de faim.

Mais comment la puissance occulte s'y prend-elle pour compter, désigner ou parquer ceux qu'elle a condamnés ? C'est une des mille questions qui jaillissent de la termitière et restent jusqu'ici sans réponse.

N'oublions pas, avant de clore ces chapitres consacrés aux milices de la ville sans lumière, de mentionner d'assez bizarres aptitudes plus ou moins musicales qu'elles manifestent fréquemment. Elles paraissent être, en effet, sinon les mélomanes, du moins ce que les « futuristes » appelleraient les « bruiteuses » de la colonie. Ces bruits qui sont tantôt un signal d'alarme, un appel à l'aide, une sorte de lamentation, des crépitements divers, presque toujours rythmés, auxquels répondent des murmures de la foule, font croire à plusieurs entomologistes qu'ils communiquent entre eux, non seulement par les antennes, comme les fourmis, mais encore à l'aide d'un langage plus ou moins articulé. En tous cas, au rebours des abeilles et des fourmis qui ont l'air d'être complètement sourdes, l'acoustique joue un certain rôle dans la république de ces aveugles qui ont l'ouïe très fine. Il est difficile de s'en rendre compte quand il s'agit de termitières souterraines ou enrobées de plus de six pieds de bois mâché, d'argile et de ciment qui absorbent tous les sons ; mais pour celles qui sont installées dans des troncs d'arbre, si on en approche l'oreille, on entend toute une série de bruits qui ne donnent pas l'impression d'être dus seulement au hasard.

Il est du reste évident qu'une organisation aussi délicate, aussi complexe, où tout est solidaire, où tout est rigoureusement équilibré, ne saurait subsister sans concert, à moins d'attribuer ses miracles à une harmonie préétablie, beaucoup moins vraisemblable que l'entente. Entre les mille preuves de cette entente que nous voyons s'accumuler au long de ces pages, j'appellerai l'attention sur celle-ci, parce qu'elle est assez topique : il existe des termitières dont une seule colonie occupe plusieurs troncs d'arbres parfois assez distants les uns des autres, et n'a qu'un couple royal. Ces agglomérations séparées, mais soumises à la même administration centrale, communiquent si bien entre elles que si, dans un des troncs, on supprime l'équipe de prétendantes que les termites tiennent toujours en réserve, afin de remplacer, en cas d'accident, la reine morte ou trop peu féconde, les habitants d'un tronc voisin commencent immédiatement l'élevage d'une nouvelle troupe de candidates au trône. Nous reviendrons sur ces formes substitutives ou supplémentaires qui sont une des particularités les plus curieuses et les plus ingénieuses de la politique termitienne.

V

Outre ces bruits divers, crépitements, tic-tac, sifflements, cris d'alarme presque toujours rythmés et qui dénotent une certaine sensibilité musicale, les termites ont encore, en de nombreuses circonstances, des mouvements d'ensemble, également rythmés, comme s'ils appartenaient à une chorégraphie ou à une orchestique tout à fait singulière, qui ont toujours prodigieusement intrigué les entomologistes qui les ont observés. Ces mouvements sont exécutés par tous les membres de la colonie, excepté les nouveau-nés. C'est une sorte de danse convulsive où, sur les tarses immobiles, le corps agité de tremblements se balance d'avant en arrière avec une légère oscillation latérale. Elle se prolonge durant des heures, coupée de courts intervalles de repos. Elle précède notamment le vol nuptial et prélude comme une prière ou une cérémonie sacrée au plus grand sacrifice que la nation puisse s'imposer. Fritz Müller, en cette occurrence, y voit ce qu'il appelle les « Love Passages ». On remarque des mouvements analogues quand on agite ou éclaire brusquement les tubes dans lesquels on emprisonne les sujets en observation, qu'il n'est du reste pas facile d'y maintenir longtemps, car ils percent à peu près tous les bouchons ligneux ou même métalliques, et, chimistes incomparables, parviennent à corroder le verre.

5

LE COUPLE ROYAL

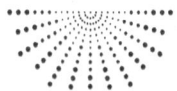

𝒜près les ouvriers et les soldats ou amazones, nous rencontrons le roi et la reine. Ce couple mélancolique, à perpétuité confiné dans une cellule oblongue, est exclusivement chargé de la reproduction. Le roi, sorte de prince consort, est minable, petit, chétif, timide, furtif, toujours caché sous la reine. Cette reine présente la plus monstrueuse hypertrophie abdominale que l'on trouve dans le monde des insectes où cependant la nature n'est pas avare de monstruosités. Elle n'est qu'un gigantesque ventre gonflé d'œufs à en crever, absolument comparable à un boudin blanc d'où émergent à peine une tête et un corselet minuscules, pareils à un bout d'épingle noire fichée dans un saucisson de mie de pain. D'après une planche du rapport scientifique de Y. Sjostedt, la reine du *Termes Natalensis*, reproduite en grandeur naturelle, a une longueur de 100 millimètres et une circonférence uniforme de 77 millimètres, alors que l'ouvrier de la même espèce n'a que 7 ou 8 millimètres de long et 4 ou 5 millimètres de tour.

N'ayant d'insignifiantes petites pattes qu'au corselet noyé dans la graisse, la reine est absolument incapable du moindre mouvement. Elle pond en moyenne un œuf par seconde, c'est-à-dire plus de 86.000 en vingt-quatre heures et de 30 millions par an.

Si nous nous en tenons à l'estimation plus modérée d'Escherich, qui, chez le *Termes Bellicosus*, évalue à 30.000 par jour le nombre d'œufs expulsés par une reine adulte, nous arrivons à dix millions neuf cent cinquante mille œufs par an.

Autant qu'on a pu l'observer, il ne semble pas que de jour ou de nuit, durant les quatre ou cinq ans de sa vie, elle puisse interrompre sa ponte.

Des circonstances exceptionnelles ont permis à l'éminent entomologiste K. Escherich de violer un jour, sans le troubler, le secret de ces appartements royaux. Il en a pris un croquis schématique hallucinant comme un cauchemar d'Odilon Redon ou une vision interplanétaire de William Blake. Sous une voûte ténébreuse, basse et colossale si on la compare à la taille normale de l'insecte, l'emplissant presque tout entière, s'allonge, comme une baleine entourée de crevettes, l'énorme masse grasse, molle, inerte et blanchâtre de l'effroyable idole. Des milliers d'adorateurs la caressent et la lèchent sans arrêt, mais non point sans intérêt, car l'exsudation royale paraît avoir un attrait tel que les petits soldats de la garde ont fort à faire d'empêcher les plus zélés d'emporter quelque morceau de la divine peau afin d'assouvir leur amour ou leur appétit. Aussi les vieilles reines sont-elles cousues de glorieuses cicatrices et semblent rapiécées.

Autour de la bouche insatiable s'empressent des centaines d'ouvriers minuscules, qui lui entonnent la bouillie privilégiée, pendant qu'à l'autre bout une autre foule environne l'orifice de l'oviducte, recueille, lave et emporte les œufs à mesure qu'ils s'écoulent. Parmi ces multitudes affairées, circulent de petits soldats qui y maintiennent l'ordre, et, encerclant le sanctuaire, lui tournant le dos, face à l'ennemi possible et rangés en bon ordre, des guerriers de grande taille, mandibules ouvertes, forment une garde immobile et menaçante.

Dès que sa fécondité diminue, probablement sur l'ordre de ces contrôleurs ou de ces conseillers inconnus dont nous retrouvons partout l'implacable ingérence, on la prive de toute nourriture. Elle meurt de faim. C'est une sorte de régicide passif et très pratique dont nul n'est personnellement responsable. On dévore ses restes avec plaisir, car elle est extrêmement grasse, et on la remplace par une des pondeuses supplémentaires, que nous retrouverons bientôt.

Au contraire de ce qu'on avait cru jusqu'ici, l'union ne s'accomplit pas, comme chez les abeilles, durant le vol nuptial, car au moment de ce vol, les sexes ne sont pas encore aptes à la reproduction. L'hymen ne se fait qu'après que le couple qui s'est, – étrange symbole sur lequel on pourrait longuement épiloguer, – mutuellement arraché les ailes, s'est mis en ménage dans les ténèbres de la termitière qu'il ne quittera qu'à la mort.

Les termitologues ne s'accordent point sur la manière dont se consomme cet hymen. Filippo Silvestri, grande autorité en la matière, soutient que la copulation, d'après la conformation des organes du roi et de la reine, est physiquement impossible et que le roi se contente de répandre sa semence sur les œufs, à la sortie de l'oviducte. D'après Grassi, non moins compétent, l'union aurait lieu dans le nid et se répéterait périodiquement.

6
L'ESSAIMAGE

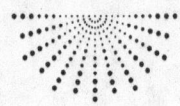

I

Ces ouvriers, ces soldats, ce roi et cette reine forment le fonds permanent et essentiel de la cité, qui, sous une loi de fer, plus dure que celle de Sparte, poursuit dans l'obscurité son existence avare, sordide et monotone. Mais à côté de ces mornes captifs qui ne virent jamais et jamais ne verront la lumière du jour, l'âpre phalanstère, à grands frais, élève d'innombrables légions d'adolescentes et d'adolescents, ornés de longues ailes transparentes et pourvus d'yeux à facettes, qui se préparent, dans les ténèbres où grouillent les aveugles-nés, à affronter l'éclat du soleil tropical. Ce sont les insectes parfaits, mâles et femelles, les seuls qui ont un sexe, d'où sortira, si les hasards, toujours inclíments le permettent, le couple royal qui assurera l'avenir d'une autre colonie. Ils représentent l'espoir, le luxe démentiel, la joie voluptueuse d'une cité sépulcrale qui n'a pas d'autre issue vers l'amour et le ciel. Nourris à la becquée, car n'ayant pas de protozoaires, ils ne peuvent digérer la cellulose, ils errent désœuvrés par les galeries et les salles, en attendant l'heure de la délivrance et du bonheur. Vers la fin de l'été équatorial, à l'approche de la saison des pluies, cette heure sonne enfin. Alors, l'inviolable citadelle dont les parois, sous peine de mort pour toute la colonie, n'offrent jamais d'autres fissures que celles qui sont indispensables à la ventilation, dont toutes les communications avec le monde extérieur sont rigoureusement souterraines, prise d'une sorte de délire, est tout à coup criblée d'étroites ouvertures derrière lesquelles on voit veiller les monstrueuses têtes des guerriers qui en interdisent l'entrée aussi bien que la sortie. Ces ouvertures correspondent à des galeries ou des couloirs où s'entasse l'impatience du vol nuptial. À un signal, donné comme les autres par la puissance qu'on ne voit pas, les soldats se retirent, démasquent les issues et livrent passage aux frémissantes fiançailles. Aussitôt, au dire de tous les voyageurs qui l'ont contemplé, se déroule un spectacle à côté duquel l'essaimage des abeilles paraît insignifiant. De l'énorme édifice, tantôt meule, tantôt pyramide ou château fort, et souvent, quand il y a agglomération de cités, sur des centaines d'hectares de superficie, s'élève, comme d'une chaudière surchauffée sur le point d'exploser, et jaillissant de toutes les fissures, un nuage de vapeur formé de millions d'ailes qui montent vers l'azur à la recherche incertaine et presque toujours bafouée de l'amour. Comme tout ce qui n'est que rêve et fumée, le magnifique phénomène ne dure que quelques instants, le nuage s'abat lourdement sur le sol qu'il couvre de débris ; la fête est terminée, l'amour a trahi ses promesses et la mort prend sa place.

Avertis par les préparatifs, prévenus par l'instinct qui ne les trompe pas, tous ceux qui sont avides du succulent festin que leur offre chaque année l'innombrable chair des fiancés de la termitière, les oiseaux, les reptiles, les chats, les chiens, les rongeurs, presque tous les insectes et surtout les fourmis et les libellules se jettent sur l'immense proie sans défense qui jonche parfois des milliers de mètres carrés et commencent l'effroyable hécatombe. Les oiseaux notamment se gorgent à tel point qu'ils ne peuvent plus fermer le bec ; l'homme même prend part à l'aubaine, il ramasse les victimes à la pelle, les mange frites ou grillées ou en fait des pâtisseries dont le goût, paraît-il, rappelle celui des gâteaux d'amandes et, en certains pays, comme en l'île de Java, les vend sur le marché.

À peine le dernier des insectes ailés a-t-il pris son essor, que toujours sur l'ordre mystérieux de la puissance insaisissable qui y règne, la termitière se referme, les ouvertures sont murées et ceux qui sont sortis paraissent inexorablement exclus de la cité natale.

Que deviennent-ils ? Incapables de se nourrir, traqués par des milliers d'ennemis qui se relayent, quelques entomologistes prétendent que tous, sans exception, périssent. D'autres soutiennent que, çà et là, un misérable couple parvient à échapper au désastre et est recueilli par les ouvriers et les soldats d'une colonie voisine pour y remplacer une reine morte ou fatiguée. Mais comment et par qui serait-il recueilli ? Les travailleurs et les soldats n'errent pas par les chemins et ne sortent jamais à l'air libre ; et les colonies voisines sont murées comme celle qu'il a quittée. D'autres enfin affirment qu'un couple peut subsister pendant un an, et élever des soldats qui le défendront et des ouvriers qui le nourriront ensuite. Mais comment vit-il, en attendant, puisqu'il est prouvé qu'il a très rarement des protozoaires et ne peut, par conséquent, digérer la cellulose ? On le voit, tout ceci est encore bien contradictoire et obscur*.

II

Il est certain que dans une république aussi avare, aussi prévoyante, aussi calculatrice, il y a là un incompréhensible gaspillage de vies, de forces et de richesses, d'autant plus énigmatique que cet immense sacrifice annuel aux dieux de l'espèce, qui n'a évidemment en vue que la fécondation croisée, semble manquer totalement ce but. Il ne peut y avoir fécondation croisée que lorsqu'il y a agglomération de termitières, ce qui est assez rare, et que tous les vols nuptiaux aient lieu le même jour. Voilà donc mille chances contre une pour qu'un couple, si par miracle il parvient à réintégrer la maison natale, soit consanguin. Ne nous montrons pas outrecuidants ; si ces choses nous paraissent illogiques ou incohérentes, il y a à parier que nos observations ou nos interprétations sont encore insuffisantes, et que c'est nous qui avons tort, à moins de mettre la bévue au compte de la nature qui, de prime face, comme disait Jean de la Fontaine, a tout l'air d'en avoir fait bien d'autres[†].

---

[*] Le docteur Jean Feytaud, directeur de la station entomologique de Bordeaux, qui a spécialement étudié le termite Lucifuge des Landes, à la suite de nombreuses expériences d'élevage dans des tubes de verre et d'observations en pleine nature sur un grand nombre de colonies fondées après essaimage en des endroits de la forêt où n'existait auparavant aucune vieille souche, ni par conséquent aucune termitière, a formellement constaté que les Imagos essaimantes pouvaient ébaucher de petites familles sans le secours d'ouvriers. Reste à savoir s'il en va de même pour les grandes termitières tropicales. Le docteur Bugnion m'a affirmé qu'il avait vu, à Ceylan, des couples fonder des colonies nouvelles. Il est vrai que c'étaient des termites à champignons, qui pouvaient se passer de protozoaires. La femelle, avec l'aide du mâle, commençait par s'occuper de l'installation de la champignonnière, après quoi elle se mettait à pondre. À peine nés, les premiers ouvriers s'empressaient d'emmurer leurs parents.
[†] Chez les abeilles aussi, l'essaimage est une calamité publique et toujours une cause de ruine et de mort pour la ruche-mère et pour ses colonies quand il se répète dans la même année. L'apiculteur moderne s'efforce autant que possible de l'empêcher, en détruisant les jeunes reines et en agrandissant les réservoirs à miel, mais bien souvent il ne réussit pas à enrayer ce qu'on appelle « la fièvre d'essaimage », car il paie aujourd'hui la rançon de millé-

D'après les observations de Silvestri, afin d'échapper à ces désastres, quelques espèces n'essaiment que la nuit ou par temps de pluie. D'autres, afin d'augmenter le nombre de leurs chances, n'expulsent leurs essaims que par petits paquets, mais durant plusieurs mois. À ce propos, il convient de remarquer une fois de plus que, dans la termitière, les lois générales ne sont pas, comme dans la ruche, absolument inflexibles. Les termites, nous en aurons d'autres exemples, autant que les hommes et contrairement aux habitudes de tous les animaux que l'on croit menés par l'instinct, sont avant tout opportunistes et, tout en respectant les grandes lignes de leur destinée, savent quand il le faut, avec autant d'intelligence que nous-mêmes, les plier aux circonstances et les adapter aux nécessités ou simplement aux convenances du moment. En principe, pour donner satisfaction aux vœux de l'espèce ou de l'avenir, ou pour complaire à une idée invétérée de la nature, ils pratiquent l'essaimage, bien qu'il soit prodigieusement onéreux et quatre-vingt-dix-neuf fois sur cent totalement inutile, mais au besoin, ils le restreignent, le réglementent ou même y renoncent et s'en passent sans inconvénient. En principe, ils sont monarchistes, au besoin ils entretiennent deux reines, séparées par une cloison, dans la même cellule, ainsi que l'a observé T. J. Savage ; ou jusqu'à six couples royaux comme l'a constaté Haviland, sans tenir compte des rois et des reines qui nous échappent grâce aux mesures prises par les ouvriers pour favoriser leur évasion ; qui font qu'il n'est pas facile de les découvrir et qu'Haviland a recherché durant trois jours une de ces souveraines avant de la trouver dissimulée sous des débris au fond du nid.

En principe, pour achever cette énumération, il faut que leur reine ait eu des ailes et ait vu la lumière du jour ; au besoin ils la remplacent par une trentaine de pondeuses aptères qui ne sont jamais sorties du nid. En principe, ils n'admettent pas de roi étranger, au besoin, si le trône est vacant, ils accueillent avec empressement celui qu'on leur propose. En principe, chaque termitière n'est habitée que par une seule espèce bien caractérisée ; en pratique, on a plus d'une fois constaté que deux ou trois et parfois jusqu'à cinq espèces, totalement différentes, collaborent dans le même nid. Ajoutons que ces palinodies ne semblent pas incohérentes ou irréfléchies, mais à y regarder de plus près, ont toujours une raison invariable qui est le salut ou la prospérité de la cité.

---

naires et barbares pratiques et d'une désastreuse sélection à rebours où les meilleures ruches, c'est-à-dire celles qui n'avaient pas essaimé et étaient lourdes de miel, se trouvaient systématiquement sacrifiées.

Du reste, sur tous ces points, il y a encore bien des incertitudes et, avant de conclure, il convient d'attendre des observations plus décisives. Elles sont d'autant plus difficiles qu'il y a, comme nous l'avons dit, quinze cents espèces de termites et que les mœurs et l'organisation sociale de ces quinze cents espèces ne sont point pareilles. Il semble que certaines d'entre elles soient arrivées, comme l'homme, au moment le plus critique d'une évolution commencée il y a des millions d'années.

III

Le régime normal est donc la monarchie. Mais beaucoup plus prudente que la ruche dont le sort, – et c'est le point faible d'une organisation admirable, – est toujours suspendu à la vie d'une reine unique, la termitière, quant à sa prospérité, est à peu près indépendante du couple royal. Ce qu'on pourrait appeler la « Constitution », la loi fondamentale, y est infiniment plus souple, plus élastique, plus prévoyant, plus ingénieux, et marque un incontestable progrès politique. Si la reine termite, ou plutôt la pondeuse déléguée, car elle n'est pas autre chose, accomplit généreusement son devoir, on ne lui donne pas de rivale. Dès que fléchit sa fécondité, on la supprime en s'abstenant de la nourrir, ou on lui adjoint un certain nombre de coadjutrices. C'est ainsi qu'on a trouvé jusqu'à trente reines dans une colonie non point désorganisée et tombée à l'anarchie et à la ruine, comme y tombe la ruche où se multiplient les pondeuses, mais au contraire, extrêmement forte et florissante. Grâce à l'extraordinaire plasticité de leur organisme qui participe des avantages de l'existence la plus primitive, encore unicellulaire, et de ceux de la vie la plus évoluée ; et peut-être aussi, il faut bien, manque d'autre explication, le conjecturer, grâce à des connaissances chimiques et biologiques encore ignorées de l'homme, les termites semblent pouvoir, à tout moment, quand ils en ont besoin, par une alimentation et des soins appropriés, transformer n'importe quelle larve ou quelle nymphe en insecte parfait, y faire poindre des yeux et des ailes, en moins de six jours, ou tirer du premier œuf venu un ouvrier, un soldat, un roi ou une reine. À cette fin, pour gagner du temps, ils tiennent toujours en réserve un certain nombre d'individus prêts à subir les dernières transformations*.

---

* On sait que les abeilles possèdent, plus restreinte, la même faculté. Elle peuvent, durant trois jours, par une nourriture appropriée, par l'élargissement et l'aération plus abondante de la cellule, transformer en reine n'importe quelle larve d'ouvrière, c'est-à-dire en tirer un insecte trois fois plus volumineux dont la forme et les organes essentiels sont notablement

Mais bien qu'ils puissent apparemment le faire, en général, pour des raisons que nous ne pénétrons pas encore, ils ne transforment pas un de ces œufs ou de ces candidats, en reine parfaite, pourvue d'ailes et d'yeux à facettes, c'est-à-dire pareille à celles qui ont pris leur vol par milliers et prête à être fécondée par le roi dans la loge nuptiale. Ils se contentent presque toujours d'en tirer des pondeuses aveugles et aptères qui accomplissent toutes les fonctions d'une reine proprement dite, sans détriment pour la cité. Il n'en va pas de même, comme on sait, chez les abeilles, où l'ouvrière pondeuse qui remplace la souveraine morte, ne donnant le jour qu'à d'insatiables mâles, mène, en quelques semaines, à la ruine et à la mort la colonie la plus riche et la plus prospère.

Autant que peuvent s'en rendre compte les regards de l'homme, il n'y a pas de différence appréciable entre une termitière qui possède une reine authentique et celle qui n'a que des pondeuses plébéiennes. Certains termitologues prétendent que ces pondeuses néotéiniques ne peuvent pas produire de rois ni de reines et que leurs descendants sont privés d'ailes et d'yeux, c'est-à-dire ne deviennent jamais des insectes parfaits. C'est possible, mais insuffisamment démontré, au demeurant sans importance pour la colonie, attendu que ce qui lui est indispensable, c'est une mère d'ouvriers et de soldats, au lieu qu'elle peut aisément se passer d'une fécondation croisée, qui, nous l'avons vu, est extrêmement aléatoire. Au surplus, tout ce qui a trait à ces formes substitutives est encore controversé et l'un des points les plus mystérieux de la termitière.

IV

Ce qui est également controversé, ou du moins insuffisamment approfondi, c'est l'importante question des parasites (je ne parle pas des parasites intestinaux), car outre ses habitants légitimes, la termitière héberge un nombre considérable d'écornifleurs qui n'ont pas encore été recensés et examinés comme ceux de la fourmilière. On sait que chez les fourmis ces parasites jouent un rôle intéressant et pullulent de façon fantastique. Wasmann, le grand myrmécologue, en compte, dans la fourmilière, douze

---

différents ; c'est ainsi que les mâchoires de la reine sont dentelées, au lieu que celles des travailleuses sont lisses comme le fil d'un couteau, que sa langue est plus courte et la spatule de celle-ci plus étroite, qu'elle n'a pas l'appareil compliqué qui sécrète la cire, qu'elle n'est munie que de quatre ganglions abdominaux alors que les autres en portent cinq, que son dard est recourbé comme un cimeterre tandis que l'aiguillon de son peuple est droit, qu'elle est dépourvue de corbeilles à pollen, etc.

cent quarante-six espèces. Les uns viennent simplement chercher, dans la tiède moiteur des galeries souterraines, le vivre et le couvert et y sont charitablement tolérés, car la fourmi est beaucoup moins bourgeoise et avare que ne le croyait le bon La Fontaine ; mais un grand nombre d'autres sont utiles, voire indispensables. Il s'en trouve aussi dont les fonctions sont tout à fait inexplicables, notamment ces *Antennophorus* que portent la plupart des *Lasius Mixtus*, si bien observés par Charles Janet. Ce sont des sortes de poux, proportionnellement énormes, puisqu'ils sont aussi gros que la tête de la fourmi, qui, toujours proportionnellement, est près de deux fois plus volumineuse que la nôtre. Généralement, sur une de ces fourmis, on compte trois de ces poux qui s'installent soigneusement et méthodiquement, l'un sous le menton, les deux autres, de chaque côté de l'abdomen de leur hôte, de manière à ne pas déséquilibrer sa marche. Le *Lasius Mixtus* qui d'abord répugne à les accueillir, une fois qu'ils ont pris place, les adopte et ne cherche plus à s'en débarrasser. Quel est le martyr de nos saintes légendes qui porterait sans se plaindre, durant toute son existence, une triple charge aussi lourde et aussi encombrante ? L'âpre fourmi de la fable, non seulement s'y résigne, mais soigne et nourrit ses fardeaux, comme s'ils étaient ses enfants. Quand un de ces Lasius orné de ses monstrueux parasites a trouvé, par exemple, une cuillerée de miel, il s'en gorge et rentre au nid. Attirées par la bonne odeur, d'autres fourmis s'approchent et sollicitent leur part de l'aubaine. Généreusement, le Lasius régurgite le miel dans la bouche des quémandeuses et ses parasites interceptent au passage quelques gouttelettes du précieux liquide. Loin de s'y opposer, il leur facilite le prélèvement de la dîme et, avec ses compagnes, attend que les écornifleurs repus donnent le signal du départ. Il faut croire qu'il éprouve à promener ses gigantesques poux de luxe, qui nous accableraient sous leur poids, d'étranges jouissances que nous ne sommes pas à même de comprendre. Nous comprenons au demeurant fort peu de chose au monde des insectes qui sont guidés par un esprit et par des sens qui n'ont presque rien de commun avec ceux qui nous mènent.

Mais quittons nos fourmis et revenons à notre xylophage. D'après le professeur E. Warren, les hôtes de la termitière connus en 1919 s'élèvent à 496 dont 348 coléoptères. On en découvre chaque jour de nouveaux. On les classe en hôtes vrais *(Symphiles)* amicalement traités, en hôtes tolérés ou indifférents *(Synœketes)*, en intrus *(Synechtres)*, pourchassés et en parasites proprement dits *(Ectoparasites)*. Malgré les noms scientifiques qu'on leur donne, la question n'est pas au point et nous attendons une étude plus complète.

7
LES RAVAGES

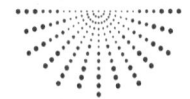

I

La termitière, telle qu'elle s'étend et se multiplie dans son paysage tropical, avec ses lois d'airain incroyablement ingénieuses, sa vitalité, sa fécondité formidable, serait un danger pour le genre humain et couvrirait bientôt notre planète, si le hasard ou je ne sais quel caprice de la nature, généralement à notre égard moins clémente, n'avait voulu que l'insecte soit très vulnérable et extrêmement sensible au froid. Il ne peut vivre sous un climat simplement tempéré. Il lui faut, comme je l'ai déjà dit, les régions les plus chaudes du globe. Il a besoin d'une température qui va de 20 à 36°. Au-dessous de 20, sa vie s'arrête, au-dessus de 36, ses protozoaires périssent et il meurt d'inanition. Mais là où il peut s'installer, il exerce de terribles ravages : *Termes utriusque Indiæ calamitas summa*, disait déjà Linné. « Il n'y a pas, sur les parties chaudes et tropicales de la surface de la terre, une famille d'insectes dont les membres mènent une guerre aussi incessante contre l'œuvre de l'homme », ajoute W. W. Froggatt, qui les connaît mieux que personne. Les maisons croulent, intérieurement rongées de la base au sommet. Les meubles, le linge, les papiers, les vêtements, les chaussures, les provisions, les bois, les herbes disparaissent. Rien n'est à l'abri de leurs déprédations qui ont quelque chose d'effarant et de surnaturel, parce qu'elles sont toujours secrètes et ne se révèlent qu'à l'instant du désastre. De grands arbres qui semblent vivants et dont l'écorce est scrupuleusement respectée, tombent d'une pièce lorsqu'on y touche. À Sainte-Hélène, deux agents de police causent sous un énorme Mélia couvert de feuilles, l'un d'eux s'adosse au tronc et le gigantesque fébrifuge, complètement pulvérisé à l'intérieur, s'abat sur eux et les couvre de ses débris. Parfois le travail destructeur s'accomplit avec une foudroyante rapidité. Un fermier du Queensland laisse un soir sa charrette dans un pré ; le lendemain, il n'en retrouve que les ferrures. Un colon rentre dans sa maison après cinq ou six jours d'absence ; tout y est intact, rien n'y paraît changé et ne révèle l'occupation de l'ennemi. Il s'asseoit sur une chaise, elle s'effondre. Il se rattrape à la table, elle s'aplatit sur le sol. Il s'appuie à la poutre centrale, elle croule en entraînant le toit dans un nuage de poussière. Tout a l'air machiné par un génie facétieux, comme dans une féerie du Châtelet. En une nuit, ils dévorent, sur son corps et pendant son sommeil, la chemise de Smeathmann qui campe à proximité d'un de leurs nids afin de l'étudier. En deux jours, malgré toutes les précautions prises, ils anéantissent les lits et les tapis d'un autre termitologue, le Dr Henrich Barth. Dans les épiceries de Cambridge, en Australie, tous les articles en magasin deviennent leur proie : jambons, lard, pâtes, figues, noix, savons s'évanouissent. La cire ou les capsules d'étain qui coiffent les bouteilles sont percées afin d'atteindre les bouchons et les liquides s'écoulent. Le fer-blanc des boîtes de conserves est scientifiquement attaqué : ils râpent d'abord la couche d'étain qui le couvre, étendent ensuite sur le fer mis à nu un suc qui le rouille, après quoi il le perce sans difficulté. Ils perforent le plomb quelle qu'en soit l'épaisseur. On croit mettre en sûreté les malles, les caisses, les objets de literie, en les posant sur des bouteilles renversées dont le goulot est fiché dans le sol, parce que leurs petites pattes n'y trouvent pas de prise. Au bout de quelques jours, sans qu'on y prenne garde, le verre est érodé comme par une meule d'émeri et ils vont et viennent tranquillement le long du col et de la panse de la bouteille, car ils secrètent un liquide qui, dissolvant les silices contenues dans les tiges herbacées dont ils font leur nourriture, attaque également le verre. Ainsi s'explique du reste l'extraordinaire solidité de leur ciment qui est en partie vitrifié. Parfois, ils ont des fantaisies dignes d'un humoriste. Un voyageur anglais, Forbes, raconte dans les *Oriental Memoirs* que, rentrant chez lui après quelques jours passés chez un ami, il trouve toutes les gravures qui ornaient ses appartements complètement rongées ainsi que les cadres, dont il ne reste plus trace ; mais les glaces qui les recouvraient sont demeurées en place, soigneusement fixées au mur par du ciment, afin, apparemment, d'éviter une chute dangereuse ou trop retentissante. Il leur arrive d'ailleurs de consolider à l'aide de ce ciment, en ingénieurs prévoyants, une poutre qu'ils ont rongée trop profondément et qui menace de se rompre avant la fin de leur expédition.

Tous ces ravages s'accomplissent sans qu'on aperçoive âme qui vive. Seul, en y regardant de près, un petit tube d'argile, dissimulé dans l'angle de deux murs ou courant le long d'une corniche ou d'une plinthe et qui communique avec la termitière, révèle la présence et l'identité de l'ennemi ; car ces insectes, qui n'y voient pas, ont le génie de faire ce qu'il faut pour qu'on ne les voie point. Le travail s'exécute en silence et il n'est qu'une oreille avertie qui reconnaisse dans la nuit le bruit de millions de mâchoires qui dévorent la charpente d'une maison et présagent sa ruine.

Au Congo, à Élisabethville par exemple, leurs inévitables ravages sont prévus par les architectes et les entrepreneurs qui augmentent de quarante pour cent les devis à cause des précautions à prendre. Dans la même région, les traverses de chemin de fer, complètement rongées, doivent être remplacées chaque année, ainsi que les poteaux télégraphiques et la charpente des ponts. De tout vêtement laissé dehors durant une nuit il ne reste que les boutons de métal, et une hutte d'indigène dans laquelle on ne fait pas de feu ne résiste pas plus de trois ans à leurs attaques.

II

Voilà leurs méfaits domestiques et habituels ; mais parfois ils travaillent en grand et étendent leurs ravages à une ville, à une contrée entière. En 1840, un négrier capturé et démâté introduit à Jamestown, capitale de l'île de Sainte-Hélène, l'*Eutermes Tenuis*, petit termite du Brésil, à soldat nasicorne ou à seringue, qui détruit une partie de la ville qu'on est obligé de rebâtir. Elle ressemblait, dit son historiographe attitré, J. C. Mellis, à une cité ravagée par un tremblement de terre.

En 1879, un navire de guerre espagnol est anéanti par le *Termes Dives* dans le port du Ferrol. Les *Annales de la Société entomologique française* (Sér. 2, 1851, t. IX) citent une notice du général Leclerc où il est dit qu'en 1809 les Antilles françaises ne purent se défendre contre les Anglais parce que les termites avaient dévasté les magasins et rendu inutilisables les batteries et les munitions. On pourrait indéfiniment allonger la liste de leurs crimes. J'ai déjà dit qu'ils rendaient incultivables certaines parties de l'Australie et de l'île de Ceylan, où l'on a renoncé à la lutte. En l'île de Formose, le *Copto-*

termes Formosus Shikari ronge jusqu'au mortier et fait crouler les murs qui ne sont pas cimentés.

Il semble pourtant, à première vue, que, vulnérables et fragiles comme ils sont et ne pouvant vivre que dans l'ombre de leur termitière, il suffirait de détruire leurs coupoles pour s'en débarrasser. Mais on dirait qu'ils sont déjà prêts à parer l'attaque inattendue, car on constate que dans les pays où l'on fait sauter à la poudre leurs superstructions, qui, ensuite, sont constamment nivelées par la charrue, ils n'édifient plus de monticules, se résignent, comme les fourmis, à une vie tout à fait souterraine et deviennent insaisissables.

La barrière du froid a jusqu'ici protégé l'Europe, mais il n'est pas certain qu'un animal aussi plastique, aussi prodigieusement transformable, ne réussisse pas à s'acclimater chez nous. Nous avons déjà vu par l'exemple des termites landais qu'ils y sont plus ou moins parvenus, au prix, il est vrai, d'une pitoyable dégénérescence qui les rend plus inoffensifs que la plus inoffensive des fourmis. C'est peut-être une première étape. En tout cas, les *Annales entomologiques* du siècle dernier relatent longuement l'invasion de quelques villes de la Charente-Inférieure, notamment Saintes, Saint-Jean-d'Angely, Tonnay-Charente, l'île d'Aix et surtout La Rochelle, par de véritables termites tropicaux importés de Saint-Domingue, à fond de cale, parmi des détritus végétaux. Des rues entières furent attaquées et sournoisement minées par l'insecte pullulant et toujours invisible ; tout La Rochelle fut menacé d'envahissement et le fléau ne fut arrêté que par le canal de la Verrière qui met en communication le port et les fossés. Des maisons s'effondrèrent, il fallut étançonner l'Arsenal et la Préfecture ; et l'on eut un jour la surprise de découvrir que les archives et toute la paperasserie administrative étaient réduites en débris spongieux. Des faits analogues se produisirent à Rochefort.

L'auteur de ces dévastations était un des plus petits termites que l'on connaisse : le *Termes Lucifugus*, long de 3 ou 4 millimètres.

8
LA PUISSANCE OCCULTE

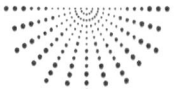

I

Dans la termitière, plus insoluble encore parce que l'organisation y est plus complexe, nous retrouvons le grand problème de la ruche. Qui est-ce qui règne ici ? Qui est-ce qui donne des ordres, prévoit l'avenir, trace des plans, équilibre, administre, condamne à mort ? Ce ne sont pas les souverains, misérables esclaves de leurs fonctions, dépendant pour leur nourriture du bon vouloir des ouvriers, prisonniers dans leur cage, les seuls de la cité qui n'aient pas le droit de franchir son enceinte. Le roi n'est qu'un pauvre diable, craintif, effarouché, écrasé sous le ventre conjugal. Quant à la reine, c'est peut-être la plus pitoyable victime d'une organisation où il n'y a que des victimes sacrifiées à l'on ne sait quel dieu. Âprement contrôlée, quand ils jugent que sa ponte n'est plus satisfaisante, ses sujets lui coupent les vivres ; elle meurt de faim, ils dévorent ses restes, car il ne faut rien perdre, et la remplacent. À cet effet, nous l'avons vu, ils ont toujours en réserve un certain nombre d'adultes qui ne sont pas encore différenciés et, grâce au prodigieux polymorphisme de la race, en font rapidement une reproductrice.

Ce ne sont pas non plus les guerriers, malheureux phénomènes accablés sous leurs armes, encombrés de tenailles, privés de sexe, privés d'ailes, absolument aveugles et incapables de manger. Ce ne sont pas davantage les adultes ailés, qui ne font qu'une apparition éclatante, tragique et éphémère, princes et princesses infortunés sur qui pèsent la raison d'État et la cruauté collective. Restent les ouvriers, estomacs et ventres de la communauté, qui semblent en même temps les esclaves et les maîtres de tous. Est-ce cette foule qui forme le Soviet de la cité ? En tout cas, ceux qui y voient, ceux qui ont des yeux, le roi, la reine, les adultes ailés, sont manifestement exclus du directoire. L'extraordinaire, c'est qu'ainsi dirigée, la termitière puisse subsister durant des siècles. Nous n'avons pas d'exemple, en nos annales, qu'une république réellement démocratique ait duré plus de quelques années sans se décomposer et disparaître dans la défaite ou la tyrannie, car nos foules ont, en politique, le nez du chien qui n'aime que les mauvaises odeurs. Elles ne choisissent que les moins bons et leur flair est presque infaillible.

Mais les aveugles de la termitière se concertent-ils ? Tout n'est pas silencieux dans leur république ; comme dans la fourmilière, nous ignorons comment ils communiquent entre eux ; mais ce n'est pas une raison pour qu'ils ne communiquent pas. À la moindre attaque, l'alerte se propage comme une flamme ; la défense s'organise, les réparations urgentes s'effectuent avec ordre et méthode. D'autre part, il est certain que ces aveugles règlent à leur gré la fécondité de la reine, la ralentissant ou l'activant, selon qu'ils la gavent ou la privent de leurs sécrétions salivaires. De même, quand ils estiment qu'il y a trop de soldats, ils en restreignent le nombre en laissant mourir de faim, pour s'en nourrir ensuite, ceux qu'ils jugent inutiles. Dès l'œuf, ils déterminent le sort de l'être qui en sortira et en font à leur bon plaisir, d'après l'alimentation qu'ils lui donnent, un travailleur comme eux, une reine, un roi, un adulte ailé ou un guerrier. Mais eux, à qui, à quoi obéissent-ils ? Le sexe, les ailes et les yeux immolés au bien commun, surchargés de besognes diverses et innombrables, moissonneurs, terrassiers, maçons, architectes, menuisiers, jardiniers, chimistes, nourrices, croque-morts, travaillant, mangeant, digérant pour tout le monde, tâtonnant dans leurs invincibles ténèbres, cheminant dans leurs caves, éternels captifs de leur hypogée, ils semblent moins que nul autre aptes à se rendre compte, à savoir, à prévoir, à démêler ce qu'il convient de faire.

S'agit-il d'une série plus ou moins coordonnée d'actes purement instinctifs ? Poussés par l'idée innée, font-ils d'abord sortir machinalement, de la majorité des œufs, des ouvriers comme eux ? Ensuite, obéissant à une autre impulsion, également innée, tirent-ils d'autres œufs, semblables aux premiers, une légion d'individus des deux sexes qui auront des ailes, ne naîtront pas aveugles et châtrés et fourniront un roi et une reine pour périr en masse, peu après ? Enfin, une troisième impulsion les oblige-t-elle à former un certain nombre de soldats, tandis qu'une quatrième les incite à réduire l'effectif de la garnison, quand celle-ci exige trop de vivres et devient onéreuse ? Tout cela n'est-il que jeux du chaos ? C'est possible, bien qu'on puisse douter que la prospérité extraordinaire, la stabilité, l'harmonieuse entente, la durée presque illimitée de ces énormes colonies ne reposent que sur une suite ininterrompue de hasards heureux. Convenons que s'il fait tout cela, le hasard est bien près de devenir le plus grand, le plus sage de nos dieux ; et ce n'est plus, au fond, qu'une question de mots sur quoi il est plus facile de s'entendre. En tout cas, l'hypothèse de l'instinct n'est pas plus satisfaisante que celle de l'intelligence. Peut-être l'est-elle un peu moins, car nous ne savons pas du tout ce que c'est que l'instinct, au lieu que nous croyons, à tort ou à raison, ne pas entièrement ignorer ce que c'est que l'intelligence.

II

On remarque chez les abeilles des mesures politiques et économiques tout aussi surprenantes. Je ne les rappellerai pas ici ; mais n'oublions pas que chez les fourmis elles sont parfois plus étonnantes encore. Tout le monde sait que les *Lasius Flavus*, nos petites fourmis jaunes, par exemple, parquent dans leurs souterrains et abritent dans de véritables étables des troupeaux d'Aphides qui émettent une rosée sucrée qu'elles vont traire comme nous trayons nos vaches et nos chèvres. D'autres, les *Formica sanguinea*, partent en guerre afin de faire des razzias d'esclaves. De leur côté, les *Polyergus Rufescens* ne confient qu'à leurs serfs le soin d'élever leurs larves, tandis que les *Anergates* ne travaillent plus et sont nourris par des colonies de *Tetramorium Cespitum* réduites en captivité. Je ne citerai que pour mémoire les fourmis fongicoles de l'Amérique tropicale qui creusent des tunnels rectilignes parfois longs de plus de cent mètres et forment, en coupant des feuilles en tout petits morceaux, un terreau sur lequel elles font naître et cultivent, par un procédé qui est leur secret, un champignon si particulier qu'on n'a jamais réussi à l'obtenir ailleurs. Citons encore certaines espèces d'Afrique et d'Australie, où l'on voit des ouvrières spécialisées ne plus jamais quitter le nid, s'y suspendre par les pattes et, faute d'autres récipients, devenir des réservoirs, des citernes, des pots à miel vivants, au ventre élastique, sphérique, énorme, où l'on dégorge la récolte et que l'on pompe quand on a faim. Enfin n'oublions pas les fourmis fileuses (*Oecophylla Smaragdina* F.) qui, dans les régions chaudes des Indes et jusqu'en Australie et en Afrique, font leurs nids dans les arbres, au milieu de grandes feuilles qu'elles rapprochent d'abord péniblement puis cousent ensemble et tapissent à l'aide de la soie fournie par leurs larves qu'elles tiennent entre leurs pattes et dont elles se servent comme d'une navette à tisser.

Est-il nécessaire d'ajouter que tout ceci, que l'on pourrait indéfiniment prolonger, ne repose plus sur des on-dit plus ou moins légendaires, mais sur de minutieuses observations scientifiques ?

III

Dans *La Vie des Abeilles*, j'ai, faute de mieux, attribué la direction, l'administration prévoyante et occulte de la communauté à l'« Esprit de la Ruche ». Mais ce n'est là qu'un mot qui revêt une réalité inconnue et qui n'explique rien.

Une autre hypothèse pourrait considérer la ruche, la fourmilière et la termitière, comme un individu unique, mais encore ou déjà disséminé, un seul être vivant qui ne serait pas encore ou qui ne serait déjà plus coagulé ou solidifié et dont les divers organes, formés de milliers de cellules, bien qu'extériorisés et malgré leur apparente indépendance, resteraient toujours soumis à la même loi centrale. Notre corps aussi est une association, un agglomérat, une colonie de soixante trillions de cellules, mais de cellules qui ne peuvent pas s'éloigner de leur nid, ou de leur noyau, et demeurent, jusqu'à la destruction de ce nid ou de ce noyau, sédentaires et captives. Si terrible, si inhumaine que paraisse l'organisation de la termitière, celle que nous portons en nous est calquée sur le même modèle. Même personnalité collective, même sacrifice incessant d'innombrables parties au tout, au bien commun, même système défensif, même cannibalisme des phagocytes envers les cellules mortes ou inutiles, même travail obscur, acharné, aveugle, pour une fin ignorée, même férocité, mêmes spécialisations pour la nutrition, la reproduction, la respiration, la circulation du sang, etc., mêmes complications, même solidarité, mêmes appels en cas de danger, mêmes équilibres, même police intérieure. C'est ainsi qu'après une abondante hémorragie, sur un ordre venu on ne sait d'où, les globules rouges se mettent à proliférer de façon fantastique, que les reins suppléent le foie fatigué qui laisse passer des toxines, que les lésions valvulaires du cœur se compensent par l'hypertrophie des cavités en arrière de l'obstacle, sans que jamais notre intelligence qui croit régner au sommet de notre être soit consultée ou à même d'intervenir.

Tout ce que nous savons, et nous venons à peine de l'apprendre, c'est que les fonctions les plus importantes de nos organes dépendent de nos glandes endocrines à sécrétions internes ou hormones dont jusqu'à ce jour on soupçonnait à peine l'existence, notamment de la glande thyroïde qui modère ou ralentit l'action des cellules conjonctives, de la glande pituitaire qui règle la respiration et la température, de la glande pinéale, des glandes surrénales, de la glande génitale, qui distribue l'énergie à nos trillions de cellules. Mais ces glandes, qui règle à leur tour leurs fonctions ? Comment se fait-il que dans des circonstances rigoureusement pareilles elles donnent aux uns la santé et le bonheur de vivre, aux autres la maladie, les souffrances, la misère et la mort ? Y aurait-il donc, dans cette région inconsciente, comme dans l'autre, des intelligences inégales ; et le malade serait-il victime de son inconscient ? Ne voyons-nous pas souvent qu'un inconscient ou un subconscient inexpérimenté ou manifestement imbécile gouverne le corps de l'homme le plus intelligent de son siècle, un Pascal par exemple ? À quelle responsabilité remonter si ces glandes se trompent ?

Nous n'en savons rien, nous ignorons totalement qui, dans notre propre corps, donne les ordres essentiels dont dépend le maintien de notre existence ; nous doutons s'il s'agit de simples effets mécaniques ou automatiques ou de mesures délibérées émanées d'une sorte de pouvoir central ou de direction générale qui veille au bien commun. Dès lors, comment pourrions-nous pénétrer ce qui a lieu hors de nous et très loin de nous, dans la ruche, la fourmilière ou la termitière, et savoir qui la gouverne, l'administre, y prévoit l'avenir, y promulgue des lois ? Apprenons d'abord à connaître ce qui se passe en nous.

Ce que nous pouvons constater pour l'instant, c'est que notre confédération de cellules, quand elle a besoin de manger, de dormir, de se mouvoir, de se réchauffer ou de se refroidir, de se multiplier, etc., fait ou ordonne de faire le nécessaire ; de même quand la confédération de la termitière a besoin de soldats, d'ouvriers, de reproducteurs, etc.

J'y reviens, il n'y a peut-être pas d'autre solution que de considérer la termitière comme un individu. « L'individu, dit très justement le docteur Jaworski, n'est constitué ni par l'ensemble des parties, ni par l'origine commune, ni par la continuité de substance, mais uniquement par la réalisation d'une fonction d'ensemble, en d'autres termes, par l'unité du but. »

Attribuons ensuite, si nous le croyons préférable, les phénomènes qui s'y succèdent aussi bien que ceux qui se déroulent dans notre corps à une intelligence éparse dans le Cosmos, à la pensée impersonnelle de l'univers, au génie de la nature, à l'*Anima Mundi* de certains philosophes, à l'harmonie préétablie de Leibnitz, avec ses confuses explications des causes finales auxquelles obéit l'âme et des causes efficientes auxquelles obéit le corps, rêveries géniales mais qui, somme toute, ne reposent sur rien ; faisons appel à la force vitale, à la force des choses, à la « Volonté » de Schopenhauer, au « Plan morphologique », à l'« Idée directrice » de Claude Bernard, à la Providence, à Dieu, au premier moteur, à la Cause-sans-Cause-de-toutes-les-Causes, ou même au simple hasard : ces réponses se valent, car toutes avouent plus ou moins franchement que nous ne savons rien, que nous ne comprenons rien et que l'origine, le sens et le but de toutes les manifestations de la vie nous échapperont longtemps encore et peut-être à jamais.

9
LA MORALE DE LA TERMITIÈRE

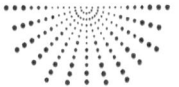

I

Si l'organisation sociale de la ruche semble déjà très dure, celle de la termitière est incomparablement plus âpre, plus implacable. Dans la ruche nous avons un sacrifice presque complet aux dieux de la cité, mais il reste à l'abeille quelque lueur d'indépendance. La majeure partie de sa vie se déroule au dehors, à l'éclat du soleil, s'épanouit librement aux belles heures des printemps, des étés et des automnes. Loin de toute surveillance elle peut flâner sur les fleurs. Dans la sombre république stercoraire, le sacrifice est absolu, l'emmurement total, le contrôle incessant. Tout est noir, opprimé, oppressé. Les années s'y succèdent en d'étroites ténèbres. Tous y sont esclaves et presque tous aveugles. Nul, hormis les victimes de la grande folie génitale, ne monte jamais à la surface du sol, ne respire l'horizon, n'entrevoit la lumière du jour. Tout s'accomplit, de bout en bout, dans une ombre éternelle. S'il faut aller, nous l'avons vu, chercher des vivres aux lieux où ils abondent, on s'y rend par de longs chemins souterrains ou tubulaires, on ne travaille jamais à découvert. S'il s'agit de ronger une solive, une poutre ou un arbre, on l'attaque par dedans, en respectant la peinture ou l'écorce. L'homme ne se doute de rien, n'aperçoit jamais un seul des milliers de fantômes qui hantent sa maison, qui grouillent secrètement dans les murs et ne se révèlent qu'au moment de la rupture et du désastre. Les dieux du communisme y deviennent d'insatiables Molochs. Plus on leur donne, plus ils demandent ; et ne cessent d'exiger que lorsque l'individu est anéanti et que son malheur n'a plus de fond. L'épouvantable tyrannie, dont on n'a pas encore d'exemple chez les hommes où toujours elle sévit à l'avantage de quelques-uns, ici ne profite à personne. Elle est anonyme, immanente, diffuse, collective, insaisissable. Le plus curieux et le plus inquiétant, c'est qu'elle n'est pas sortie telle quelle, et toute faite d'un caprice de la nature ; ses étapes, que nous retrouvons toutes, nous prouvent qu'elle s'est graduellement installée et que les espèces qui nous paraissent le plus civilisées nous semblent aussi le plus asservies et le plus pitoyables.

Tous s'épuisent donc, jour et nuit, sans relâche, à des tâches précises, diverses et compliquées. Seuls, vigilants, résignés et à peu près inutiles dans le trantran de la vie quotidienne, les soldats monstrueux attendent dans leurs noires casernes l'heure du danger et du sacrifice de leur vie. La discipline semble plus féroce que celle des carmélites ou des trappistes, et la soumission volontaire à des lois ou à des règlements qui viennent on ne sait d'où, est telle qu'aucune association humaine ne peut nous en donner d'exemple. Une forme nouvelle de la fatalité, et peut-être la plus cruelle, la fatalité sociale vers laquelle nous nous acheminons, s'est ajoutée à celles que nous connaissons et qui nous suffisaient. Nul repos que dans le sommeil final, la maladie même n'est pas permise et toute défaillance est un arrêt de mort. Le communisme est poussé jusqu'au cannibalisme, à la coprophagie, car on ne se nourrit pour ainsi dire que d'excréments. C'est l'enfer tel que pourraient l'imaginer les hôtes ailés d'un rucher. Il est en effet permis de supposer que l'abeille ne sent pas le malheur de sa courte et harassante destinée, qu'elle éprouve quelque joie à visiter les fleurs dans la rosée de l'aube, à rentrer, ivre de son butin, dans l'atmosphère accueillante, active et odorante de son palais de miel et de pollen. Mais le termite, pourquoi rampe-t-il dans son hypogée ? Quels sont les détentes, les salaires, les plaisirs, les sourires de sa basse et lugubre carrière ? Depuis des millions d'années, vit-il uniquement pour vivre ou plutôt pour ne pas mourir, pour multiplier indéfiniment son espèce sans joie, pour perpétuer sans espoir une forme d'existence entre toutes déshéritée, sinistre et misérable ?

Il est vrai que ce sont là des considérations assez naïvement anthropocentriques. Nous ne voyons que les faits extérieurs et grossièrement matériels et ignorons tout ce qui se passe réellement dans la ruche comme dans la termitière. Il est fort probable qu'elles cachent des mystères vitaux, éthériques, électriques ou psychiques dont nous n'avons aucune idée, car l'homme, chaque jour, s'aperçoit davantage qu'il est un des êtres les plus incomplets et les plus bornés de la création.

II

En tout cas, si plus d'une chose, dans la vie sociale des termites, nous inspire du dégoût et de l'horreur, il est certain qu'une grande idée, un grand instinct, une grande impulsion automatique ou mécanique, une suite de grands hasards, si vous le préférez, peu importe la cause à nous qui ne pouvons voir que les effets, les élève au-dessus de nous : à savoir leur dévouement absolu au bien public, leur renoncement incroyable à toute existence, à tout avantage personnel, à tout ce qui ressemble à l'égoïsme, leur abnégation totale, leur sacrifice ininterrompu au salut de la cité, qui en feraient parmi nous des héros ou des saints. Nous retrouvons chez eux les trois vœux les plus redoutables de nos ordres les plus rigoureux : pauvreté, obéissance, chasteté, poussée ici jusqu'à la castration volontaire ; mais quel est l'ascète ou le mystique qui, par surcroît, ait jamais songé à imposer à ses disciples d'éternelles ténèbres et le vœu de cécité perpétuelle en leur crevant les yeux ?

« L'insecte, proclame quelque part J.-H. Fabre, le grand entomologiste, n'a pas de morale. » C'est bien vite dit. Qu'est-ce que la morale ? À prendre la définition de Littré, « c'est l'ensemble des règles qui doivent diriger l'activité libre de l'homme ». Cette définition, mot pour mot, ne s'applique-t-elle pas à la termitière ? Et l'ensemble des règles qui la dirigent n'est-il pas plus haut et surtout plus sévèrement observé que dans la plus parfaite des sociétés humaines ? On ne pourrait ergoter que sur les mots : « activité libre », et dire que l'activité des termites ne l'est point, qu'ils ne peuvent se soustraire à l'aveugle accomplissement de leur tâche ; car que deviendrait l'ouvrier qui refuserait de travailler ou le soldat qui fuirait le combat ? On l'expulserait et il périrait misérablement au dehors ; ou plus probablement il serait immédiatement exécuté et dévoré par ses concitoyens. N'est-ce pas une liberté tout à fait comparable à la nôtre ? Si tout ce que nous avons observé dans la termitière ne constitue pas une morale, qu'est-ce donc ? Rappelez-vous l'héroïque sacrifice des soldats qui tiennent tête aux fourmis pendant que derrière eux les ouvriers murent les portes par lesquelles ils pourraient échapper à la mort et les livrent ainsi, à leur su, à l'ennemi implacable. N'est-ce pas plus grand que les Thermopyles où il y avait encore un espoir ? Et que dites-vous de la fourmi qui, enfermée dans une boîte et laissée à jeun durant plusieurs mois, consomme sa propre substance, – corps graisseux, muscles thoraciques, – pour nourrir ses jeunes larves ? Pourquoi tout cela ne serait-il pas méritoire et admirable ? Parce que nous le supposons mécanique, fatal, aveugle et inconscient ? De quel droit et qu'en savons-nous ? Si quelqu'un nous observait aussi obscurément que nous les observons, que penserait-il de la morale qui nous mène ? Comment expliquerait-il les contradictions, les illogismes de notre conduite, les folies de nos querelles, de nos divertissements, de nos guerres ? Et quelles erreurs dans ses interprétations ? C'est le moment de répéter ce que disait, il y a trente-cinq ans, le vieil Arkël : « Nous ne voyons jamais que l'envers des destinées, l'envers même de la nôtre. »

III

Le bonheur des termites, c'est d'avoir eu à lutter contre un ennemi implacable, aussi intelligent, plus fort, mieux armé qu'eux : la fourmi. La fourmi appartenant au miocène (tertiaire moyen), voilà deux ou trois millions d'années que les termites rencontrèrent l'adversaire qui ne devait plus leur laisser de répit. Il est à présumer que s'ils ne s'y étaient pas heurtés, ils auraient obscurément végété, au jour le jour, en petites colonies, insouciantes, précaires et molles. Le premier contact fut naturellement désastreux pour le misérable insecte larviforme et toute sa destinée se transforma. Il fallut renoncer au soleil, s'évertuer, se serrer, se terrer, se murer, organiser l'existence dans les ténèbres, bâtir des forteresses et des magasins, cultiver des jardins souterrains, assurer l'alimentation par une sorte d'alchimie vivante, forger des armes de choc et de jet, entretenir des garnisons, assurer le chauffage, la ventilation et l'humidité indispensables, multiplier à l'infini afin d'opposer à l'envahisseur des masses compactes et invincibles ; il fallut surtout accepter la contrainte, apprendre la discipline et le sacrifice, mères de toutes les vertus, en un mot, faire sortir d'une misère sans égale les merveilles que nous avons vues.

Où en serait l'homme, s'il avait, comme le termite, rencontré un adversaire à sa taille, ingénieux, méthodique, féroce, digne de lui ? Nous n'avons jamais eu que des adversaires inconscients, isolés ; et depuis des milliers d'années nous ne trouvons contre nous d'autre ennemi sérieux que nous-mêmes. Il nous a appris bien des choses, les trois quarts de ce que nous savons ; mais il n'était pas étranger, il ne venait pas du dehors et ne pouvait rien apporter que nous n'eussions déjà. Il est possible que, pour notre bien, il descende quelque jour d'une planète voisine ou surgisse du côté où nous ne l'attendons plus, à moins que, d'ici-là, ce qui est infiniment plus probable, nous ne nous soyons détruits les uns les autres.

10
LES DESTINÉES

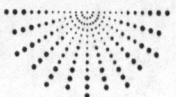

I

Il est assez inquiétant de constater que chaque fois que la nature donne à un être, qui semble intelligent, l'instinct social, en amplifiant, en organisant la vie en commun qui a pour point de départ la famille, les relations de mère à enfant, c'est pour le mener, à mesure que l'association se perfectionne, à un régime de plus en plus sévère, à une discipline, à des contraintes, à une tyrannie de plus en plus intolérantes et intolérables, à une existence d'usine, de caserne ou de bagne, sans loisirs, sans relâche, utilisant impitoyablement, jusqu'à l'épuisement, jusqu'à la mort, toutes les forces de ses esclaves, exigeant le sacrifice et le malheur de tous sans profit, sans bonheur pour personne, afin de n'aboutir qu'à prolonger, à renouveler et à multiplier à l'horizon des siècles une sorte de désespoir commun. On dirait que ces cités d'insectes qui nous précèdent dans le temps ont voulu nous offrir une caricature, une parodie anticipée des paradis terrestres vers lesquels s'acheminent la plupart des peuples civilisés ; et l'on dirait surtout que la nature ne veut pas le bonheur.

Mais voilà des millions d'années que les termites s'élèvent vers un idéal qu'ils semblent à peu près atteindre. Que se passera-t-il quand ils l'auront entièrement réalisé ? Seront-ils plus heureux, sortiront-ils enfin de leur prison ? C'est peu vraisemblable, car leur civilisation, loin de s'épanouir au grand jour, se rétrécit sous terre à mesure qu'elle se perfectionne. Ils avaient des ailes, ils n'en ont plus. Ils avaient des yeux, ils y ont renoncé. Ils avaient un sexe, et les plus arriéré l'ont encore (les *Calotermes*, par exemple) ; ils l'ont sacrifié. En tout cas, lorsqu'ils auront gagné le point culminant de leur destinée, il adviendra ce qui toujours advient, quand la nature a tiré d'une forme de vie tout ce qu'elle en pouvait obtenir. Un léger abaissement de la température des régions équatoriales, qui sera également un acte de la nature, détruira d'un seul coup, ou en fort peu de temps, toute l'espèce dont il ne restera que des vestiges fossilisés. Et tout sera à recommencer, et tout aura été, une fois de plus, inutile, à moins que quelque part ne se passent des choses, ne s'accumulent des résultats dont nous n'avons pas la moindre notion, ce qui est peu probable, mais après tout possible.

Si c'est possible, nous n'en ressentons guère les effets. À considérer les éternités antérieures et les chances innombrables qu'elles ont offertes à la nature, il semble évident que des civilisations analogues, ou facilement supérieures à la nôtre, ont existé en d'autres mondes et peut-être même sur cette terre. Notre ancêtre, l'homme des cavernes, en a-t-il profité et nous-mêmes en tirons-nous quelque avantage ? Il se peut, mais si minime et enseveli à de telles profondeurs en notre subconscient, qu'il est bien malaisé de nous en rendre compte. Mais même s'il en était ainsi, il n'y aurait pas eu progrès mais régression, efforts vains et pertes sèches.

Et d'autre part, il est permis de penser que si l'un de ces mondes qui pullulent dans les cieux avait atteint dans les millénaires écoulés ou atteignait, en ce moment, ce que nous visons, on le saurait. Les vivants qui l'habitent, à moins d'être des monstres d'égoïsme, ce qui n'est guère plausible quand on est aussi intelligent qu'il faudrait qu'ils fussent pour arriver où nous supposons qu'ils se trouvent, eussent essayé de nous faire profiter de ce qu'ils auraient appris et, ayant une éternité derrière eux, seraient sans doute parvenus à nous aider, à nous tirer de notre sordide misère. C'est d'autant plus vraisemblable qu'ayant probablement surmonté la matière, ils se meuvent dans des régions spirituelles où durée et distance ne comptent pas et n'offrent plus d'obstacle. N'est-il pas raisonnable de croire que s'il y avait jamais eu quelque chose de souverainement intelligent, de souverainement bon et heureux dans l'univers, les conséquences finiraient par s'en faire sentir de monde en monde ? Et si cela ne s'est jamais fait, pourquoi pourrions-nous espérer que cela se fasse ?

Les plus belles morales humaines sont toutes fondées sur l'idée qu'il faut lutter et souffrir pour s'épurer, s'élever, se perfectionner ; mais aucune ne tente d'expliquer pourquoi il est nécessaire de recommencer sans cesse. Où va donc, dans quels abîmes infinis se perd, depuis des éternités sans limites, ce qui s'est élevé en nous et n'a pas laissé de vestiges ? Pourquoi, si l'*Anima Mundi* est souverainement sage, avoir voulu ces luttes et ces souffrances qui jamais n'ont abouti et qui, par conséquent, n'aboutiront jamais ? Pourquoi n'avoir pas mis d'emblée toutes choses au point de perfection où nous croyons qu'elles tendent ? Parce qu'il faut mériter son bonheur ? Mais quels mérites peuvent avoir ceux qui luttent ou souffrent mieux que leurs frères, puisque la force ou la vertu qui les anime, ils ne l'ont que parce qu'une puissance du dehors l'a mise en eux plus propicement que dans d'autres ?

Évidemment, ce n'est pas dans la termitière que nous trouverons réponse à ces questions ; mais c'est déjà beaucoup qu'elle nous aide à les poser.

II

Le destin des fourmis, des abeilles, des termites, si petit dans l'espace, mais presque sans bornes dans le temps, c'est un beau raccourci, c'est, en somme, tout le nôtre que nous tenons un instant, ramassé par les siècles, dans le creux de la main. C'est pourquoi il est bon de le scruter. Leur sort préfigure le nôtre, et ce sort, malgré des millions d'années, malgré des vertus, un héroïsme, des sacrifices qui chez nous seraient qualifiés d'admirables, s'est-il amélioré ? Il s'est quelque peu stabilisé et assuré contre certains dangers, mais est-il plus heureux et le pauvre salaire paie-t-il l'immense peine ? En tout cas, il reste sans cesse à la merci du moindre caprice des climats.

À quoi tendent ces expériences de la nature ? Nous l'ignorons et elle-même n'a pas l'air de le savoir, car enfin, si elle avait un but, elle aurait appris à l'atteindre dans l'éternité qui précède notre moment, vu que celle qui suivra aura même valeur ou même étendue que celle qui s'est écoulée, ou plutôt que les deux n'en font qu'une qui est un éternel présent où tout ce qui n'a pas été atteint ne le sera jamais. Quelles que soient la durée et l'amplitude de nos mouvements, immobiles entre deux infinis, nous restons toujours au même point dans l'espace et le temps.

Il est puéril de se demander où vont les choses et les mondes. Ils ne vont nulle part et ils sont arrivés. Dans cent milliards de siècles, la situation sera la même qu'aujourd'hui, la même qu'elle était il y a cent milliards de siècles, la même qu'elle était depuis un commencement qui, d'ailleurs, n'existe pas et qu'elle sera jusqu'à une fin qui n'existe pas davantage. Il n'y aura rien de plus, rien de moins dans l'univers matériel ou spirituel. Tout ce que nous pourrons acquérir dans tous les domaines scientifiques, intellectuels ou moraux, a été inévitablement acquis dans l'éternité antérieure, et toutes nos acquisitions nouvelles n'amélioreront pas plus l'avenir que celles qui les ont précédées n'ont amélioré le présent. Seules de petites parties du tout, dans les cieux, sur la terre ou dans nos pensées, ne seront plus pareilles, mais se trouveront remplacées par d'autres qui seront devenues semblables à celles qui ont changé, et le total sera toujours identique à ce qu'il est et à ce qu'il était.

Pourquoi tout n'est-il pas parfait, puisque tout tend à l'être et a eu l'éternité pour le devenir ? Il y a donc une loi plus forte que tout, qui jamais ne l'a permis et par conséquent jamais ne le permettra en n'importe lequel des myriades de mondes qui nous environnent ? Car si en un seul de ces mondes, le but auquel ils tendent avait été atteint, il paraît impossible que les autres n'en eussent pas ressenti l'effet.

On peut admettre l'expérience ou l'épreuve qui sert à quelque chose ; mais notre monde, après l'éternité, n'étant arrivé qu'où il est, n'est-il pas démontré que l'expérience ne sert de rien ?

Si toutes les expériences recommencent sans cesse, sans que rien n'aboutisse, dans tous les astres qui se comptent par milliards de milliards, est-ce plus raisonnable parce que c'est infini et incommensurable dans l'espace et le temps ? Un acte est-il moins vain parce qu'il est sans bornes ?

Que dire là contre ? Presque rien, sinon que nous ne savons point ce qui se passe dans la réalité, en dehors, au-dessus, au-dessous et même au dedans de nous. À la rigueur, il se peut que sur un plan, dans des régions dont nous n'avons aucune idée, depuis des temps sans commencement, tout s'améliore, rien ne se perde. Nous ne nous en apercevons jamais en cette vie. Mais dès que notre corps, qui trouble les valeurs, n'est plus mêlé à la question ; tout devient possible, tout devient aussi illimité que l'éternité même, tous les infinis se compensent, par conséquent toutes les chances renaissent.

III

Pour nous consoler, disons-nous que l'intelligence est la faculté à l'aide de laquelle nous comprenons finalement que tout est incompréhensible, et regardons les choses du fond de l'illusion humaine. Cette illusion est peut-être, après tout, elle aussi une sorte de vérité. En tout cas, c'est la seule que nous puissions atteindre. Car il y a toujours au moins deux vérités, l'une qui est trop haute, trop inhumaine, trop désespérée et ne conseille que l'immobilité et la mort, et l'autre que nous savons moins vraie, mais qui en nous mettant des œillères, nous permet de marcher droit devant nous, de nous intéresser à l'existence et de vivre comme si la vie que nous devons suivre jusqu'au bout pouvait nous mener autre part qu'au tombeau.

De ce point de vue, il est difficile de nier que les essais de la nature dont nous parlons en ce moment semblent se rapprocher d'un certain idéal. Cet idéal qu'il n'est pas mauvais de connaître afin de dépouiller quelques espoirs dangereux ou superflus, en nulle autre occurrence sur cette terre, ne se manifeste aussi clairement que dans les républiques des hyménoptères et des orthoptères. Laissant de côté les castors dont la race a presque disparu et que nous ne pouvons plus guère étudier ; de tous les êtres vivants qu'il nous est permis d'observer, les abeilles, les fourmis et les termites sont les seuls qui nous offrent le spectacle d'une vie intelligente, d'une organisation politique et économique qui, partie de la rudimentaire association d'une mère avec ses enfants, est, graduellement, au cours d'une évolution dont nous retrouvons encore, comme je l'ai déjà dit, dans les diverses espèces, toutes les étapes, arrivée à un sommet terrible, à une perfection qu'au point de vue pratique et strictement utilitaire, – car nous ne pouvons juger les autres, – au point de vue de l'exploitation des forces, de la division du travail et du rendement matériel, nous n'avons pas encore atteinte. Ils nous dévoilent aussi, à côté de celle que nous rencontrons en nous-mêmes, mais qui sans doute est trop subjective, une face assez inquiétante de l'*Anima Mundi* ; et c'est en dernière analyse que l'intérêt véritable de ces observations entomologiques qui, privées de ce fond, pourraient paraître assez petites, oiseuses et presque enfantines. Qu'elles nous apprennent à nous méfier des intentions de l'univers à notre égard. Méfions-nous d'autant plus que tout ce que la science nous enseigne nous pousse sournoisement à nous rapprocher de ces intentions qu'elle se flatte de découvrir. Ce que dit la science, c'est la nature ou l'univers qui le lui dicte ; ce ne peut être une autre voix, ce ne peut être autre chose et ce n'est pas rassurant. Nous ne sommes aujourd'hui que trop portés à n'écouter qu'elle sur des points qui ne sont pas de son domaine.

IV

Il faut tout subordonner à la nature et notamment la société, disent les axiomes fondamentaux de la science d'aujourd'hui. Il est très naturel de penser et de parler ainsi. Dans l'immense isolement, dans l'immense ignorance où nous nous débattons, nous n'avons d'autre modèle, d'autre repère, d'autre guide, d'autre maître que la nature ; et ce qui parfois nous conseille de nous écarter d'elle, de nous révolter contre elle, c'est encore elle qui nous le souffle. Que ferions-nous, où irions-nous, si nous ne l'écoutions point ?

Les termites se trouvèrent dans le même cas. N'oublions pas qu'ils nous précèdent de plusieurs millions d'années. Ils ont un passé incomparablement plus ancien, une expérience incomparablement plus vieille que la nôtre. De leur point de vue, dans le temps, nous sommes les derniers venus, presque des enfants en bas âge. Objecterons-nous qu'ils sont moins intelligents que nous ? Ce n'est pas parce qu'ils n'ont pas de locomotives, de transatlantiques, de cuirassés, de canons, d'automobiles, d'aéroplanes, de bibliothèques et d'éclairage électrique que nous avons le droit de le supposer. Leurs efforts intellectuels, de même que ceux des grands sages de l'Orient, ont pris une autre direction, voilà tout. S'ils ne sont pas allés, comme nous, du côté des progrès mécaniques et de l'exploitation des forces de la nature, c'est qu'ils n'en avaient pas besoin, c'est que, doués d'une puissance musculaire formidable, deux ou trois cents fois supérieure à la nôtre, ils n'entrevoyaient même pas l'utilité d'expédients pour lui venir en aide ou la multiplier. Il est de même à peu près certain que des sens dont nous soupçonnons à peine l'existence et l'étendue, les dispensent d'une foule d'auxiliaires dont nous ne pouvons plus nous passer. Au fond, toutes nos inventions ne naissent que de la nécessité de seconder notre faiblesse et de secourir nos infirmités. Dans un monde où tous se porteraient bien, où il n'y aurait jamais eu de malades, on ne trouverait aucune trace d'une science qui, chez nous, a pris le pas sur la plupart des autres, je veux dire la médecine et la chirurgie.

V

Et puis, l'intelligence humaine est-elle le seul canal par où puissent passer, le seul lieu où puissent se faire jour les forces spirituelles ou psychiques de l'Univers ? Est-ce par l'intelligence que les plus grandes, les plus profondes, les plus inexplicables et les moins matérielles de ces forces se manifestent en nous qui sommes convaincus que cette intelligence est la couronne de cette terre et peut-être de tous les mondes ? Tout ce qu'il y a d'essentiel dans notre vie, le fond même de cette vie n'est-il pas étranger et hostile à notre intelligence ? Et cette intelligence même est-elle autre chose que le nom que nous donnons à l'une des forces spirituelles que nous comprenons le moins ?

Il y a probablement autant d'espèces ou de formes d'intelligence qu'il y a d'êtres vivants ou plutôt existants, car ceux que nous appelons morts vivent autant que nous ; et rien, sinon notre outrecuidance ou notre aveuglement, ne prouve que l'une d'elles est supérieure à l'autre. L'homme n'est qu'une bulle du néant qui se croit la mesure de l'univers.

Au surplus, nous rendons-nous compte de ce qu'ont inventé les termites ? Sans nous émerveiller une fois de plus à leurs constructions colossales, à leur organisation économique et sociale, à leur division du travail, à leurs castes, à leur politique qui va de la monarchie à l'oligarchie la plus souple, à leurs approvisionnements, à leur chimie, à leurs emménagements, à leur chauffage, à leur reconstitution de l'eau, à leur polymorphisme ; comme ils nous précèdent de plusieurs millions d'années, demandons-nous s'ils n'ont point passé par des épreuves que nous aurons probablement à surmonter à notre tour. Savons-nous si le bouleversement des climats, aux époques géologiques, alors qu'ils habitaient le nord de l'Europe, puisqu'on retrouve leurs traces en Angleterre, en Allemagne et en Suisse, ne les a pas obligés de s'adapter à l'existence souterraine qui, graduellement, amena l'atrophie de leurs yeux et la cécité monstrueuse de la plupart d'entre eux* ? La même épreuve ne nous attend-elle pas dans quelques millénaires, quand nous aurons à nous réfugier aux entrailles de la terre afin d'y rechercher un reste de chaleur ; et qui nous dit que nous la surmonterons aussi ingénieusement, aussi victorieusement qu'ils l'ont fait ? Savons-nous comment ils s'entendent et communiquent entre eux ? Savons-nous comment, à la suite de quelles expériences, de quels tâtonnements, ils sont arrivés à la double digestion de la cellulose ? Savons-nous ce que c'est que la sorte de personnalité, d'immortalité collective à laquelle ils font des sacrifices inouïs et dont ils paraissent jouir d'une façon que nous ne pouvons même pas concevoir ? Savons-nous enfin comment ils

---

* Un lecteur de ce livre, M. L. Haffner, souligne ces analogies. « Comme le termite, dit-il, l'homme, à en croire sa chaleur interne, est fait pour vivre dans une température constante d'une trentaine de degrés. (C'est du reste la théorie bien connue de Quinton.) Si le termite lutte contre le froid par ses maçonneries et son chauffage central, et contre la disparition de sa nourriture à l'aide de ses champignons et de ses parasites intestinaux, l'homme lutte par le vêtement, le feu et la cuisine, alchimie semblable à celle des protozoaires. Tout cela ne prouve-t-il pas que les deux espèces sont arrivées à l'agonie et ne survivent qu'artificiellement ? Normalement, n'eût été leur génie, elles auraient dû disparaître, comme tant de milliers ou de millions d'autres lors des grands bouleversements du déluge, quand la vie passa du chauffage par le sol au chauffage uniquement solaire. »

ont acquis le prodigieux polymorphisme qui leur permet de créer, selon les besoins de la communauté, cinq ou six types d'individus si différents qu'ils ne semblent pas appartenir à la même espèce ? N'est-ce pas une invention qui va beaucoup plus loin dans les secrets de la nature que l'invention du téléphone ou de la télégraphie sans fil ? N'est-ce point un pas décisif dans les mystères de la génération et de la création ? Où en sommes-nous sur ce point qui est le point vital par excellence ? Non seulement nous ne pouvons pas engendrer à volonté un mâle ou une femelle ; mais jusqu'à la naissance de l'enfant, nous ignorons complètement le sexe qu'il aura ; au lieu que si nous savions ce que savent ces malheureux insectes, nous produirions à notre gré des athlètes, des héros, des travailleurs, des penseurs qui, spécialisés à outrance, dès avant leur conception et véritablement prédestinés, ne seraient plus comparables à ceux que nous avons. Pourquoi ne réussirions-nous pas un jour à hypertrophier le cerveau, notre organe spécifique, notre seule défense en ce monde, comme ils ont réussi à hypertrophier les mandibules de leurs soldats et les ovaires de leurs reines ? Il y a là un problème qui ne doit pas être insoluble. Savons-nous ce que ferait, jusqu'où irait un homme qui ne serait que dix fois plus intelligent que le plus intelligent d'entre nous, un Pascal, un Newton, cérébralement décuplé, par exemple ? En quelques heures, il franchirait dans toutes nos sciences, des étapes que nous mettrons sans doute des siècles à parcourir ; et ces étapes franchies, il commencerait peut-être à comprendre pourquoi nous vivons, pourquoi nous sommes sur cette terre, pourquoi tant de maux, tant de souffrances sont nécessaires pour arriver à la mort, pourquoi nous croyons à tort que tant d'expériences douloureuses sont inutiles, pourquoi tant d'efforts des éternités antérieures n'ont abouti qu'à ce que nous voyons, c'est-à-dire à une misère sans nom et sans espoir. Pour l'instant, aucun homme en ce monde n'est capable de faire à ces questions une réponse qui ne soit pas dérisoire.

Il découvrirait peut-être, d'une façon aussi certaine qu'on a découvert l'Amérique, une vie sur un autre plan, cette vie dont nous avons le mirage dans le sang et que toutes les religions ont promise, sans pouvoir apporter un commencement de preuve. Tout débile qu'est à présent notre cerveau, nous nous sentons parfois au bord des grands gouffres de la connaissance. Une petite poussée pourrait nous y plonger. Qui sait si aux siècles glacés et sombres qui la menacent, l'humanité ne devra pas à cette hypertrophie son salut ou du moins un sursis à sa condamnation ?

Mais qui nous assure qu'un tel homme n'ait jamais existé en quelque monde de l'éternité antérieure ? Et peut-être un homme non pas dix, mais cent mille fois plus intelligent ? Il n'y a pas de limites à l'étendue des corps, pourquoi y en aurait-il à celles de l'esprit ? Pourquoi ne serait-ce pas possible, et étant possible, n'y a-t-il pas à parier que ç'a été, et si ç'a été, est-il concevable qu'il n'en soit pas resté trace ; et s'il n'en est pas resté trace pourquoi espérer quelque chose, ou pourquoi ce qui n'a pas été ou n'aurait pu être aurait-il quelque chance d'être jamais ?

Il est du reste probable que cent mille fois plus intelligent, cet homme apercevrait le but de la terre qui, pour nous, n'est autre que la mort ; mais celui de l'univers qui ne peut être la mort, le verrait-il, et ce but, peut-il exister puisqu'il n'est pas atteint ?

Mais quoi ? un tel homme eût été bien près d'être Dieu et si Dieu même n'a pu faire le bonheur de ses créatures, il y a lieu de croire que c'était impossible ; à moins que le seul bonheur qui se puisse supporter durant une éternité ne soit le néant ou ce que nous appelons ainsi et qui n'est autre chose que l'ignorance, l'inconscience absolue.

Voilà, sans doute, sous le nom d'absorption en Dieu, le dernier secret, le grand secret des grandes religions, celui qu'aucune n'a avoué, de peur de jeter au désespoir l'homme qui ne comprendrait pas que garder telle quelle sa conscience actuelle jusqu'à la fin des fins de tous les mondes, serait le plus impitoyable de tous les châtiments.

VI

N'oublions point nos termites. Qu'on ne nous dise pas que la faculté dont nous parlions, ils ne l'ont pas trouvée en eux-mêmes, qu'elle leur a été donnée ou du moins indiquée par la nature. D'abord, nous n'en savons rien, et puis, n'est-ce pas à peu près la même chose et n'est-ce pas notre cas ? Si le génie de la nature a pu les pousser à cette découverte, c'est qu'apparemment ils lui ont ouvert des passages que nous lui avons fermés jusqu'ici. Tout ce que nous avons inventé ne l'a été que sur des indications fournies par la nature ; et il est impossible de démêler quelle y est la part de l'homme et celle de l'intelligence éparse dans l'univers*.

---

* Rappelons ici, comme je l'ai dit dans le « Grand Secret » qu'Ernest Kapp, dans sa *Philosophie de la Technique*, a parfaitement démontré que toutes nos inventions, toutes nos machines, ne sont que des projections organiques, c'est-à-dire des imitations inconscientes de modèles fournis par la nature. Nos pompes sont la pompe de notre cœur, nos bielles sont la reproduction de nos articulations, notre appareil photographique est la chambre noire de notre œil, nos appareils télégraphiques représentent notre système nerveux ; dans les rayons X, nous reconnaissons la propriété organique de la lucidité somnambulique qui voit à travers les objets, qui lit par exemple le contenu d'une lettre cachetée et enfermée dans une triple boîte de métal. Dans la télégraphie sans fil, nous suivons les indications que nous avait données la télépathie, c'est-à-dire la communication directe d'une pensée, par ondes spirituelles analogues aux ondes hertziennes, et dans les phénomènes de la lévitation et des déplacements d'objets sans contact (du reste contestables) se trouve une autre indication dont nous n'avons pas su tirer parti. Elle nous mettrait sur la voie du procédé qui nous permettrait peut-être un jour de vaincre les terribles lois de la gravitation qui nous enchaînent à cette terre, car il semble bien que ces lois, au lieu d'être, comme on le croyait, à jamais incompréhensibles et impénétrables, sont surtout magnétiques, c'est-à-dire maniables et utilisables.

11
L'INSTINCT ET L'INTELLIGENCE

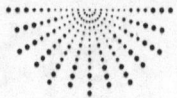

I

Ceci nous ramène à l'insoluble problème de l'instinct et de l'intelligence. J.-H. Fabre, qui passa sa vie à étudier la question, n'admet pas l'intelligence de l'insecte. Il nous a démontré par des expériences qui semblent péremptoires que l'insecte le plus ingénieux, le plus industrieux, le plus admirablement prévoyant, quand il est troublé dans sa routine, continue d'agir mécaniquement et de travailler inutilement et stupidement dans le vide. « L'instinct, conclut-il, sait tout dans les voies invariables qui lui ont été tracées ; il ignore tout en dehors de ces voies. Inspirations sublimes de science, inconséquences étonnantes de stupidité sont à la fois son partage, suivant que l'animal agit dans des conditions normales ou des conditions accidentelles. »

Le Sphex languedocien, par exemple, est un chirurgien extraordinaire et possède une science anatomique infaillible. À coups de stylet dans les ganglions thoraciques et par la compression des ganglions cervicaux, il paralyse complètement, sans que jamais mort s'ensuive, l'Éphippigère des vignes. Il pond ensuite un œuf sur la poitrine de sa proie et emprisonne celle-ci au fond d'un terrier qu'il clôt soigneusement. La larve qui sortira de cet œuf trouvera ainsi, dès sa naissance, un gibier abondant, immobile, inoffensif, vivant et toujours frais. Or si au moment où l'insecte commence à murer son terrier, on enlève l'Éphippigère, le Sphex qui pendant cette violation de son domicile est resté aux aguets, rentre dans sa demeure dès que le danger est passé, l'inspecte soigneusement comme à son habitude, constate évidemment que l'Éphippigère et l'œuf n'y sont plus ; mais n'en reprend pas moins son travail au point où il l'avait laissé et mure méticuleusement un terrier qui ne contient plus rien.

L'Ammophile hérissé, les Chalicodomes fournissent d'analogues exemples. Le cas du Chalicodome ou abeille maçonne, notamment, est topique et frappant. Il emmagasine du miel dans une cellule, y pond un œuf et la ferme. Faites une brèche à la cellule en l'absence de l'insecte mais durant la période consacrée aux travaux de maçonnerie, il la répare à l'instant. La maçonnerie terminée et l'emmagasinage commencé, faites un trou dans la même cellule ; l'abeille n'en a cure et continue de dégorger son miel dans le vase percé d'où il s'écoule à mesure ; puis, quand elle estime qu'elle y a déversé la quantité de miel qui normalement aurait suffi à la remplir, elle pond son œuf qui fuit avec le reste par la même ouverture et satisfaite, gravement, scrupuleusement, ferme la cellule vide.

De ces expériences et de bien d'autres qu'il serait trop long de rappeler ici, Fabre conclut très judicieusement « que l'insecte sait faire face à l'accidentel, pourvu que le nouvel acte ne sorte pas de l'ordre de choses qui l'occupe en ce moment ». S'il s'agit d'un accident d'un autre ordre, il n'en tient nul compte, semble perdre la tête et, comme une mécanique bien remontée, continue d'agir fatalement, aveuglément et stupidement dans l'absurde jusqu'à ce qu'il arrive au bout de la série des mouvements prescrits dont il ne peut rebrousser le cours.

Admettons ces faits qui du reste ne paraissent pas contestables, et faisons observer qu'ils reproduisent assez curieusement ce qui se passe dans notre propre corps, dans notre vie inconsciente ou organique. Nous retrouvons en nous les mêmes exemples alternés d'intelligence et de stupidité. La médecine moderne avec ses études sur les sécrétions internes, les toxines, les anticorps, l'anaphylaxie, etc., nous en fournirait une longue liste ; mais ce que nos pères, qui n'en savaient pas tant, appelaient plus simplement la fièvre, résume en un seul la plupart de ces exemples. La fièvre, comme les enfants mêmes ne l'ignorent plus, n'est qu'une réaction, une défense de notre organisme faite de mille concours ingénieux et compliqués. Avant que nous eussions trouvé le moyen d'enrayer ou régler ses excès, d'habitude elle emportait le patient, plus sûrement que le mal qu'elle venait combattre. Il est au surplus assez probable que la plus cruelle, la plus incurable de nos maladies, le cancer, avec sa prolifération de cellules désordonnées, n'est qu'une autre manifestation du zèle aveugle et intempestif d'éléments chargés de la défense de notre vie.

Mais revenons à notre Sphex et à nos Chalicodomes et remarquons d'abord qu'il s'agit ici d'insectes solitaires, dont l'existence, somme toute, est assez simple et suit une ligne droite que rien, normalement, ne vient couper ou ne fait bifurquer. Il n'en va pas de même quand il est question d'insectes sociaux dont la carrière s'enchevêtre à celle de milliers d'autres. L'imprévu surgit à chaque pas et la routine inflexible ferait naître sans cesse d'insolubles et désastreux conflits. Une souplesse, une perpétuelle adaptation aux circonstances qui changent à chaque instant y sont donc indispensables ; et ici, comme en nous-mêmes, il devient tout de suite fort difficile de retrouver la démarcation hésitante qui sépare l'instinct de l'intelligence. C'est d'autant plus difficile que les deux facultés ont vraisemblablement la même origine, descendent de la même source et sont de même nature. La seule différence est que l'une peut parfois s'arrêter, se replier sur elle-même, prendre conscience, se rendre compte du point où elle se trouve, au lieu que l'autre va tout droit et aveuglément devant soi.

II

Ces questions sont encore bien obscures et les observations les plus rigoureuses se contredisent fréquemment. Ainsi nous voyons les abeilles merveilleusement s'affranchir de routines séculaires. Elles ont par exemple compris tout de suite le parti qu'elles peuvent tirer des rayons de cire mécaniquement gaufrée que l'homme leur fournit. Ces rayons où les cellules sont simplement esquissées bouleversent de fond en comble leurs méthodes de travail et leur permettent d'édifier en quelques jours ce qui normalement exige plusieurs semaines de sueurs, d'angoisse et de prodigieuses dépenses de miel. Nous remarquons encore que transportées en Australie ou en Californie, dès la seconde ou la troisième année, ayant constaté que l'été y est perpétuel, que les fleurs n'y font jamais défaut, elles vivent au jour le jour, se contentent de récolter le miel et le pollen nécessaires à la consommation quotidienne, et leurs observations récentes et raisonnées l'emportant sur l'expérience héréditaire, elles ne font plus de provisions pour l'hiver ; de même qu'à la Barbade, au milieu de raffineries où durant toute l'année elles trouvent le sucre en abondance, elles cessent complètement de visiter les fleurs.

D'autre part, qui de nous observant les fourmis au travail, n'a été frappé de l'imbécile incohérence des efforts qu'elles font en commun ?

Elles se mettent douze tirant à hue et à dia pour déplacer une proie que deux d'entre elles, si elles s'entendaient, porteraient facilement au nid. La fourmi Moissonneuse *(Messor barbarus)*, d'après les observations des myrmécologues V. Cornetz et Ducellier, offre des exemples d'incohérence et de stupidité encore plus nets et plus topiques. Alors que certaines ouvrières sont occupées sur un épi à couper à la base les glumes enveloppant les grains de blé, on peut voir une grande ouvrière cisailler la tige même un peu au-dessous de l'épi, ignorant qu'elle accomplit un long et pénible travail tout à fait superflu.

Ces mêmes moissonneuses engrangent dans leur nid bien plus de grains qu'il n'est nécessaire, ces grains germent à la saison des pluies et les touffes de blé qui surgissent révèlent l'emplacement de la fourmilière aux cultivateurs qui s'empressent de la détruire. Voilà des siècles que se répète le même phénomène fatal et l'expérience n'a pas modifié les habitudes du *Messor barbarus* et ne lui a rien appris.

Le *Mirmécocystus cataglyphis bicolor*, autre fourmi de l'Afrique du Nord, est très haut sur pattes, ce qui lui permet de sortir au soleil et de braver les brûlures d'un sol dont la température dépasse quarante degrés, alors que d'autres insectes moins bien enjambés y succombent. Il s'élance à une vitesse folle qui atteint douze mètres à la minute (tout est relatif), si bien que ses yeux qui ne portent pas au delà de cinq ou six centimètres, ne voient rien dans le tourbillon de la course. Il passe sur des morceaux de sucre, dont il est très friand, sans les apercevoir, et rentre au logis n'y rapportant rien de ses longues et folles randonnées. Depuis des millions d'années, des millions de fourmis de cette espèce recommencent chaque été les mêmes explorations héroïques et dérisoires et ne se sont pas encore rendu compte qu'elles sont inutiles.

La fourmi serait-elle moins intelligente que l'abeille ? Ce que nous en savons d'autre part ne permet guère de l'affirmer. Est-ce nous qui attribuons à la raison de simples réflexes de nos mouches à miel ou qui comprenons mal les fourmis ; et toutes nos interprétations ne sont-elles que des phantasmes de notre imagination ? Est-ce l'*Anima Mundi* qui se trompe plus souvent que nous n'osons le supposer ? Les bévues de ces insectes lui sont-elles imputables ? Et les nôtres ? Je sais bien que l'une des plus irritantes énigmes de la nature, ce sont les erreurs souvent manifestes, les actes irrationnels qu'on y rencontre. On en arrive à croire qu'elle a du génie mais pas de bon sens et qu'elle n'est pas toujours intelligente. Mais de quel droit, du haut de notre petit cerveau qui n'est qu'une moisissure de cette même nature, estimons-nous que ses actes sont irrationnels ? Le rationnel de la nature, si jamais nous le découvrons, ce qui est possible, écrasera peut-être notre minuscule raison. Nous jugeons tout du sommet de notre logique dressée sur ses ergots, comme s'il était indubitable qu'il n'en puisse exister d'autre ni rien qui soit au rebours de celle qui est notre seul guide. Cela n'est pas du tout certain. Dans les champs immenses de l'infini, ce n'est peut-être qu'une erreur d'optique. Il se peut que la nature ait tort plus d'une fois, mais avant de le proclamer trop haut, n'oublions point que nous vivons encore dans une ignorance, dans des ténèbres dont nous ne nous ferons une idée que dans un autre monde.

III

Pour revenir à nos insectes, ayons soin d'ajouter que l'observation de la fourmilière est un peu moins aisée que celle de la ruche et que celle de la termitière, où tout est voué aux ténèbres, est encore plus difficile. La question qui nous occupe est néanmoins plus importante qu'elle n'en a l'air ; car si nous connaissions mieux l'instinct des insectes, ses limites et ses rapports avec l'intelligence et l'*Anima mundi*, nous apprendrions peut-être à connaître, les données étant identiques, l'instinct de nos organes où se cachent vraisemblablement presque tous les secrets de la vie et de la mort.

Nous n'examinerons pas ici les diverses hypothèses émises au sujet de l'instinct. Les plus savants s'en tirent par des mots techniques qui, regardés de près, ne disent rien du tout. Ce ne sont qu'« impulsions inconscientes, automatismes instinctifs », « dispositions psychiques innées, résultant d'une longue période d'adaptation, attachées aux cellules du cerveau, gravées dans la substance nerveuse comme une sorte de mémoire, ces dispositions désignées sous le nom d'instinct seraient transmises d'une génération à l'autre selon les lois de l'hérédité à la manière des dynamismes vitaux en général », « habitudes héréditaires, raisonnement automatisé », affirment les plus clairs et les plus raisonnables ; car j'en pourrais citer d'autres qui comme Richard Semon, un Allemand, expliquent tout par « des engrammes de la mnème individuelle, comprenant aussi leurs ecphories ».

Ils admettent presque tous, ne pouvant guère faire autrement, que la plupart des instincts ont à l'origine un acte raisonné et conscient, mais pourquoi s'obstinent-ils à transformer en actes automatiques tout ce qui suit ce premier acte raisonné ? S'il y en a eu un, il est tout naturel qu'il y en ait plusieurs, et c'est tout ou rien.

Je ne m'arrêterai pas davantage à l'hypothèse de Bergson pour qui l'instinct ne fait que continuer le travail par lequel la vie organise la nature, ce qui est une vérité évidente ou une tautologie, car la vie et la nature sont au fond les deux noms de la même inconnue ; mais cette vérité trop évidente, dans les développements que lui donne l'auteur de « Matière et Mémoire » et de l'« Évolution Créatrice », est souvent agréable.

IV

Mais, en attendant mieux, ne pourrait-on provisoirement rattacher l'instinct des insectes et particulièrement des fourmis, des abeilles et des termites à l'âme collective, et, par suite, à la sorte d'immortalité ou plutôt d'indéfinie durée collective dont ils jouissent ? La population de la ruche, de la fourmilière ou de la termitière, comme je l'ai dit plus haut, paraît être un individu unique, un seul être vivant, dont les organes, formés d'innombrables cellules, ne sont disséminés qu'en apparence, mais restent toujours soumis à la même énergie ou personnalité vitale, à la même loi centrale. En vertu de cette immortalité collective, le décès de centaines, voire de milliers de termites auxquels d'autres succèdent immédiatement, n'atteint pas, n'altère pas l'être unique, de même que, dans notre corps, la fin de milliers de cellules que d'autres remplacent à l'instant, n'atteint pas, n'altère pas la vie de notre moi. Depuis des millions d'années, comme un homme qui ne mourrait jamais, c'est toujours le même termite qui continue de vivre ; par conséquent, aucune des expériences de ce termite ne peut se perdre, puisqu'il n'y a pas d'interruption dans son existence, puisqu'il n'y a jamais morcellement ou disparition de souvenirs ; mais que subsiste une mémoire unique qui n'a cessé de fonctionner et de centraliser toutes les acquisitions de l'âme collective. Ainsi s'expliquerait, entre autres mystères, que les reines des abeilles, qui depuis des milliers d'années n'ont fait que pondre, n'ont jamais visité une fleur, récolté le pollen, ou pompé le nectar, puissent donner naissance à des ouvrières qui, à leur sortie de l'alvéole, sauront tout ce que leurs mères, depuis des temps préhistoriques, ont ignoré ; et dès leur premier vol, connaîtront tous les secrets de l'orientation, du butinage, de l'élevage des nymphes et de la chimie compliquée de la ruche. Elles savent tout parce que l'organisme dont elles font partie, dont elles ne sont qu'une cellule, sait tout ce qu'il doit savoir pour se maintenir. Elles semblent se disperser librement dans l'espace, mais si loin qu'elles aillent, elles demeurent liées à l'unité centrale, à laquelle elles ne cessent de participer. Elles baignent à la façon des cellules de notre être, dans le même fluide vital qui est pour elles beaucoup plus étendu, plus élastique, plus subtil, plus psychique ou plus éthérique que celui de notre corps. Et cette unité centrale est sans doute reliée à l'âme universelle de l'abeille et probablement à l'âme universelle proprement dite.

Il est à peu près certain qu'autrefois nous étions bien plus étroitement qu'aujourd'hui reliés à cette âme universelle avec laquelle notre subconscient communique encore. Notre intelligence nous en a séparés, nous en sépare chaque jour davantage. Notre progrès serait donc l'isolement ? Ne serait-ce pas là notre erreur spécifique ? Voilà qui contredit naturellement ce que nous avancions à propos de la souhaitable hypertrophie de notre cerveau ; mais, en ces matières, rien n'étant assuré, les hypothèses nécessairement se combattent ; et puis, parfois, il arrive qu'en poussant à l'extrême une regrettable erreur, elle se transforme en profitable vérité ; de même qu'une vérité qu'on regarde longtemps, se trouble, ôte son masque et n'est plus qu'une erreur ou un mensonge.

V

Est-ce un modèle d'organisation sociale, un tableau futur, une sorte « d'anticipation » que nous offrent les termites ? Est-ce vers un but analogue que nous allons ? Ne disons pas que ce n'est pas possible, que jamais nous n'en viendrons là. On en vient beaucoup plus facilement et plus vite qu'on ne pense à des choses qu'on n'osait pas imaginer. Il suffit souvent d'un rien pour changer toute la morale, toute la destinée d'une longue suite de générations. L'immense rénovation du christianisme ne repose-t-elle pas sur une pointe d'aiguille ? Nous entrevoyons, nous espérons une existence plus haute, une existence plus intelligente de beauté, de bien-être, de loisirs, de paix et de bonheur. Deux ou trois fois, au cours des siècles, peut-être à Athènes, peut-être dans l'Inde, peut-être à certains moments du christianisme, nous avons failli, sinon l'atteindre, du moins nous en rapprocher. Mais il n'est pas certain que ce soit de ce côté que l'humanité se dirige réellement, fatalement. Il est tout aussi raisonnable de prévoir qu'elle marchera dans un sens diamétralement opposé. Si un dieu jouait aujourd'hui à pile ou face, avec d'autres dieux éternels, les probabilités de notre sort, que gageraient les plus prévoyants ? « Par raison, dirait Pascal, nous ne pouvons défendre nul des deux. »

Évidemment, nous ne trouverons un bonheur complet et stable que dans une vie toute spirituelle, de ce côté ou de l'autre côté de la tombe, car tout ce qui tient à la matière est essentiellement précaire, changeant et périssable. Une telle vie est-elle possible ? Oui, théoriquement, mais en fait, nous ne voyons partout que matière, tout ce que nous percevons n'est que matière, et comment espérer que notre cerveau qui lui-même n'est que matière puisse comprendre autre chose que la matière ? Il essaye, il s'évertue, mais au fond, dès qu'il la quitte, il s'agite dans le vide.

La situation de l'homme est tragique. Son principal, peut-être son seul ennemi, et toutes les religions l'ont senti et sur ce point sont d'accord, car sous le nom de mal ou de péché, c'est toujours d'elle qu'il s'agit, c'est la matière ; et d'autre part, en lui, tout est matière, à commencer par ce qui la dédaigne, la condamne et voudrait à tout prix s'en évader. Et non seulement en lui, mais en tout, car l'énergie, la vie n'est sans doute qu'une forme, un mouvement de la matière ; et la matière même, telle que nous la voyons dans son bloc le plus massif, où elle nous paraît à jamais morte, inerte et immobile, suprême contradiction, est animée d'une existence incomparablement plus spirituelle que celle de notre pensée, puisqu'elle doit à la plus mystérieuse, à la plus impondérable, à la plus insaisissable des forces, fluidique, électrique ou éthérique, la formidable, la vertigineuse, l'infatigable, l'immortelle vie de ses électrons qui depuis l'origine des choses tourbillonnent comme des planètes folles autour d'un noyau central.

Mais enfin, de quelque côté que nous allions, nous arriverons quelque part, nous atteindrons quelque chose ; et ce quelque chose sera autre chose que le néant, car de toutes les choses incompréhensibles qui tourmentent notre cerveau, la plus incompréhensible est assurément le néant. Il est vrai que pratiquement, pour nous, le néant c'est la perte de notre identité, des petits souvenirs de notre moi, c'est-à-dire l'inconscience. Mais ce n'est là, somme toute, qu'un point de vue de clocher, qu'il faut outrepasser.

De deux choses l'une : ou bien notre moi deviendra tellement grand, tellement universel qu'il perdra ou négligera complètement le souvenir du petit animal dérisoire qu'il fut sur cette terre ; ou bien il restera petit et traînera cette misérable image à travers des éternités sans nombre et aucun supplice de l'enfer des chrétiens ne sera comparable à une telle malédiction.

Arrivés n'importe où, conscients ou inconscients, et y trouvant n'importe quoi, nous nous en accommoderons jusqu'à la fin de notre espèce ; puis une autre espèce recommencera un autre cycle et ainsi indéfiniment, car n'oublions pas que notre mythe essentiel n'est point Prométhée, mais Sisyphe ou les Danaïdes. En tout cas, disons-nous, tant que nous n'aurons pas de certitudes, que l'idéal de l'âme de ce monde n'est pas tout à fait conforme à l'idéal étranger à tout ce que nous voyons autour de nous, à toute réalité, que nous avons très lentement et très péniblement tiré d'un silence, d'un chaos, d'une barbarie épouvantables.

Il est donc recommandable de n'attendre aucune amélioration ; mais d'agir comme si tout ce que nous promet on ne sait quel vague instinct, quel optimisme héréditaire, était aussi certain, aussi inévitable que la mort. L'une hypothèse est somme toute aussi vraisemblable, aussi invérifiable que l'autre ; car tant que nous nous trouvons dans notre corps, nous sommes presque complètement exclus des mondes spirituels dont nous présumons l'existence et incapables de communiquer avec eux. Dans le doute, pourquoi ne pas choisir la moins décourageante ? Il est vrai qu'on peut se demander si la plus décourageante est bien celle qui n'espère rien, car il est probable qu'un espoir trop assuré, nous ne tarderions pas à le trouver trop petit, à le prendre en dégoût, et c'est alors que nous désespérerions tout de bon. Quoi qu'il en soit, « ne prétendons pas changer la nature des choses, nous dit Épictète, cela n'est ni possible ni utile ; mais les prenant telles qu'elles sont, sachons y accommoder notre âme ». Près de deux mille ans écoulés depuis la disparition du philosophe de Nicopolis ne nous ont pas encore apporté de plus riantes conclusions.

Copyright © 2024 by Alicia ÉDITIONS

Credits : www.canva.com ; Alicia Éditions.

E-Book : 9782384554065

Broché : 9782384554072

Relié : 9782384554089

Tous droits réservés.

Aucune partie de ce livre ne peut être reproduite sous quelque forme ou par quelque moyen électronique ou mécanique que ce soit, y compris les systèmes de stockage et de récupération de l'information, sans l'autorisation écrite de l'auteur, à l'exception de l'utilisation de brèves citations dans une critique de livre.

www.ingramcontent.com/pod-product-compliance
Lightning Source LLC
LaVergne TN
LVHW032006070526
838202LV00058B/6320